門外漢的東京

舒國治 著

目錄

輯一　門外漢的東京

輯二　我看日本

輯一　門外漢的東京

一、東京，其不是生活的百科全書？

英國文豪山繆．詹森（Samuel Johnson）兩百多年前說：「如果一個人厭倦了倫敦，那他就厭倦了人生。」現在這句話完全可以用在東京身上：「如果他過膩了東京的日子，那他必定是對他自己的生活過膩了。」

東京，說過來說過去，只得二字，豐富。

它有的東西太多了，太全了，所以多半的人索性只取極少極少的一部分，然後不知不覺的，把人生就過足了。

東京有極高的大樓、與大樓及大樓之間此通彼達的縫隙、極多的交通孔道與地底下遊移不停的鐵路、極爲高科技的設施與多之又多的精巧生活用具、極多的古蹟舊宅與參天大樹下的老庭園、無以數計的美術館與文化沉澱的美妙痕跡、多不勝數的店面與櫥窗……簡直描述不完，但人們似乎也可以只是卑微的追尋某個幽靜巷道中拉開某扇格子木門坐進只有六七個位子的吧台吃個兩三碟食物喝一盅酒的那種與世無爭的簡單又清寂的自我光陰。

城市中的坡道，最是我愛窺探的「縫隙」。

東京就是這麼了不起的地方；哪怕它的哄哄鬧鬧、急急忙忙，樓層高聳天際、地鐵飛速奔行，但它無數個角落仍然能眼觀鼻鼻觀心的反求諸己，人人像在修行。

日本有極多的鄉鎮，極多躲在山凹凹裏的村莊，極多的城下町，極多的一條街串穿的「旅宿」，極多的溫泉鄉，皆是自古以來人群聚居的格式，早已十分成熟通達。再經過戰亂、火焚，然後砍伐附近的林木再重建之。不久又遇天災或人禍，又毀而後又建，一次又一次，此種歷史在日本已然太頻又太如人生之常矣，最後，人終於還是締造了一個終極之城，便是東京。

它於我，根本已然是一大本百科全書了。我永遠不能窺它的全豹，只能不時的翻閱一下、瀏覽一下，就心曠神怡了。

二、門外漢的東京

1 主題是看

我去東京主要是爲了看。

事實上我去任何地方，爲的都是看。

只是東京更能達到無盡的看。乃東京充滿了教人一直往下看、看得趣味橫生的景、物。注意，我只說景與物；沒說人。在東京看人，或說在日本看人，比不上在日本看景物。日本人很奇怪，他們人的高明、勤奮、巧智、精準細緻、絕妙，都施展在東西上了；不管是房子、馬路、街町格局、招牌、電車路線的設計、餐館的外觀、餐館內的食物、博物館、公園、名人舊居…………太多太多，都是他們人的作品，都已到了盡善盡美地步，但路上的人，卻是那麼的謙遜單調，那麼不顯露個性，那麼穿戴同一，那麼靜靜前行。哪怕有漂亮的、有帥的，皆將那漂亮與帥平凡化，且收斂壓低到教你不怎麼會注意上。

這何嘗不是一種了不起！

東京是舉世少有的充滿了城市的縫隙的那種古往今來湊在一起的大都會。

這些縫隙是江戶時代以來人們挑擔販物、安身立命，爲官統兵、守疆衛土，鑿山挖谷、伐木築橋，一步一步選地方落腳的痕跡。當你愈來愈會看出縫隙，並懂得推理出縫隙的來歷，而獲得趣味，這時你在這個城市中的走路，

江戶時代以來開山鑿谷而成形的東京。

就太自得其樂了。

許多我引爲「興味盎然」的東西，很難和別人描述，我皆泛稱爲「小景」。

小景是人與周遭自然碰觸、慢慢調整、經過歲月終於留存下來的結果，是一個城市最珍貴的遺產。而東京，是這種城市中最佼佼者。彎曲的街町，街口的小橋，崖邊的水渠，山崖後的寺院及其後的墓園，突然出現的階梯，不時出現的「坂」（坡道），坂後面的鳥居，大戶人家牆外早已伸出的松樹，參天大樹之後的莊嚴住所（或是古時大名之邸，或是皇居），電車與馬路的交會，店家的招牌，門前的方寸之地也要整飾，晚上門窗後透出的永遠寧靜柔和的燈光。

更讓吾華人不能招架的，是它的完全「東方」。是它極受我們感到貼近的

弧形巷弄自然產生的街角活潑景致。

住宅區設計成自己想要的小小樓房。下頭還開了一家附近人才會來的幽僻居酒屋。

那種東方。漢字的無所不在是很大的吸引力。而這漢字，只是引子；它吸住你的注目，但你未必了解其意思。還有它的唐宋以來的相近建築式樣之屋宇。它的街衢坊巷、它的參道形制、它的牌樓（雖然鳥居是日本特有）………

日本人的專志篤實，而形成日本無所不在的細緻、一絲不苟，像雜誌之編排、像百貨公司之各物歸類與陳列，與空間利用，地下鐵出口處的設計成廣場或摩天大樓的雄奇大廳………在在是於方寸之間營造出別有洞天。舉世多不勝數的百貨公司，卻日本人的百貨公司裏擺設得教你驚嘆莫名。同樣是道具店，他打理出高超的化境。同樣是雜誌，他的編法、他的圖文間插之精詳、他的信息、他的材料活化、他的閱讀動線、他的無微不至關照，令日本是雜誌天國。

昔年多見的細竹窗花，如今已成希罕物。

而走在東京的路街上，房舍或店家的正面，已然太有可看。不論是招牌、掛出來的燈、放在門前的菜牌、門窗的木作、門側的茶花、牆面的上色、氣窗的細竹枝條或隨歲月增補的附件，皆太教人想停住目光。就像是細細傾聽著主人的濃厚心思。

我常有一感覺，在日本玩，如同是隨時視察小老百姓在太多不經意地方流露出他在生命中曾經一點一滴鑿下的美好刻痕！

於是我總說，日本是，每個小地方皆有幽景，而多半不見得著錄於指南裏。尤其是每幾年又被新的人打造出的新地方，這一百年來猶在持續著。故而「尋幽探勝」四字，在東京最是眞切。

此種幽景，來自於日本地形的崎嶇曲折，來自於它的千山萬水重重阻隔，造就了日本人對自然之獨具慧眼的珍惜。遂自然發展出只取自己身邊的、不過度開發（於是山也保住了，森林也留下了，水也涵住了，庭院沙石下的土壤也存留了）的護土愛鄉的強大恆心。

此種幽景，也來自於日本人性格上的含蓄隱抑、謙卑自持、喜拐圜不喜直說的處事態度。也於是太多的佳景，你要撥開雲霧才獲知那份讚嘆！

故而世外桃源頗多。這四字，在日本，誠不誣也。

2 走路之城

如果把走路當作你人生中目前最重要的事來做，那麼接下來，是要問：在哪裏走？

以我爲例，年輕時各個城市我都愛走，紐約不用說了。柏克萊、西雅圖、香港、巴黎也不在話下，只是我僅是去玩，還無緣居住。

如今，我多半在自家城市走路，也就是台北。只是台北太熟悉了，沒法再有「好奇之旅」矣。

但我直到今日仍最愛走的城市，是東京。尤其我六十五歲以後，人生愈發向老、步伐愈發轉慢。乃東京的走路，你是不知不覺的走，乃都在看、在尋覓、在鑽進鑽出、在爬上爬下、在尋思是否相識…………都忘了是在走路，卻走了極多的路！這種忘我的工程，最珍貴也。往往十天過去，旅程結束要回台北了，才發現這十天還有好多地方並沒去到！ 你看看，這樣的城市可有多神奇！

如果你要養生，或養心，或拋棄前半輩子的操勞與煩惱，而選上了走路，我要建議，來東京走吧！在這走，有記憶（許多你童時在台灣已看過）。在這走，有極好的節奏（一下子在橋上停一停，一下子進入公園，坐它一坐，吃兩個橘子………）。在這走，有東方文化的對比與沉思（他們如何看待寺廟與佛教。他們如何將古時拍成影片。他們看待書法的角度。他們吃飯是分食而我們是合食。………）。

在這走，有好奇（這些漢字是啥意義？）。在這走，有嘆服與享受（何以大樹留存得這麼多？公園廁所皆如此乾淨？）。在這走，永遠沒有危險之憂慮⋯⋯⋯⋯

邊走邊看，是看些什麼呢？

表面上，這是一塊陌生的街區（所以才跑來旅遊），許多店招你都是初次寓目，而你卻不眞那麼陌生隔閡，乃它有你似曾相識的東方模樣與隨處可見的漢字。這一當兒你看到一個路牌，是某某人的舊居遺址，再不久，有一幢大宅子，是某某人眞的舊居，如今還供人參觀。然後開始爬坡，原來地勢有變化也！竟有一家小小咖啡館，透過窗子看見裏面的人靜靜的看書或寫東西，教你嚮往，只差沒推門也進去喝他一杯。再不久，一整排的商店出現，

上野公園北面的護國院進門處的「樂堂」。

有吃的、有甜食店，也有麵包店。有些麵包店常因某款食品，造成排隊。

名人舊居，哪怕已是「跡」（遺址），你見多了，其實會獲得一種對這區百年前景狀的揣摩。這是很有價值的線索，或暗示。你經由森鷗外舊居跡、志賀直哉舊居跡、樋口一葉舊居跡、芥川龍之介生育地、谷崎潤一郎誕生地、本因坊屋敷跡……等等，其實可以推理出這片地方百年前大約是何種氣味以及何種房屋與街巷的構成。

有時是「單景」，像「護國院」的「樂堂」。它與等下看到的上野公園的黑田紀念館、國立國會圖書館等建築群頗隔一段距離。也與不久前看到的「亂步咖啡」等店家群也隔頗一段距離。

當然，最好是一串景。單景與下一個單景，常要隔好一段落。但在東京，總是有東西可看。

聖橋，也算是單景。但這單景，其實頗可「延伸」。除了加上「湯島聖堂」，更可加上神田川的上游與下游。稍作眺看，便把景致延伸了。此種延伸之心，有時激發你多走幾步，去看下游的「神田萬世橋」。可向北去看「神田明神」與宮本公園。

以我的興趣言，常常日用物品店最吸引我目光。像某個竹籃子、某把刷子、某把菜刀，我會站個幾秒鐘，盯著看。也有他們稱「雜貨」的，也吸引我。至於碗盤店，也喜歡看。

更常是，直接進去逛。

但多半我只是「泛看」，接著再往下走。

偶而，神社出現了。往往從外間看到它的參道，便已是眼睛不可能不盯看的美景了。

偶而也遠遠眼見樹叢茂密，很吸引目光，走近了，原來是公園，也可能是大戶人家，也可能是寺院，當然，也常是靈園（墓地）。

滿是高大銀杏樹的小野照崎神社。

接著，相當出衆的建築出現了，它可以是極高聳的摩天大樓，像六本木的「森大廈」，像「霞關大樓」（山下設計），像本鄉的「世紀大廈」（諾曼．佛斯特）、像「巨蛋飯店」（丹下健三）。也可以是造型頗怪異的樓宇，像青山製圖專門學校（渡邊誠），像已停業的新生戲院（北川原溫），像已拆除的「先進代官山流行屋」（鈴木愛德華），像「朝日啤酒大樓」（菲利普．史塔克）。也可能是「風之卵」（伊東豐雄），是「東京工業大學百年紀念館」（篠原一男）。

泛看，是我最偷懶也最自得其樂的遊東京之法。和多半的「東京迷」他們的「盯看」不同。太多的東京高手，他們二、三十年的盯看之旅（盯著太多美不勝收包包、衣服、鞋子、電器、相機、文具、舊書、古董、陶藝、建築…………甚至藥妝…………），一次又一次，一年又一年，使這些遊東京的各路高手，成爲了包包的達人、羽絨衣達人、球鞋達人、相機達人、小錢包達人、鐵壺達人、今治毛巾達人、建築達人、黑膠唱片達人、古舊書達人、BRUTUS雜誌達人、最頂尖餐館之達人、燒鳥達人、居酒屋達人、竹久夢二千代紙達人、咖啡館達人、馬毛牙刷達人………卻對整個的「東京」，並沒遊走得太深入。　乃他一踏進包包的迷人世界、一踏進義大利男鞋的至高殿堂、一踏進最極致壽司的一家又一家生魚之天堂………那他如何能輕易就走得出來？

這三十年來，在他眼下看過的包包、他手下撫過的筷架，何止一兩百個（其中有十來個已躺在他家裏）？他先是愛這些「物」，逐而漸之，他更是愛這些「藝」！後來不怎麼買了，卻仍要常來抵東京，哪怕只是瞻仰也好！　你看，東京怎麼不是他「求道」的地方呢？

這，當然也是我不敢過度「盯看」的原因之一。　也於是，我都儘量待在門外，不怎麼推門進去。

距根津地鐵站不遠的はん亭。木造的三層樓，奇怪，我懷想起《清明上河圖》年代的吾國房樓。

還有，要享受不期而來的「撞見」。這才是最教人驚嘆的至樂。像根津地鐵站不遠的はん亭這幢一百多年前建的木造三層樓建築，我曾在書中讀過，但沒記在心裏，某日在一條小街上，乍然瞧見，哇，驚爲天人！這麼如此心爲之震！乃此種建成三樓的木造房子留存下來的不多（二樓的便甚多）。而在街角聳立的這樓，木窗木閣，教我想起宋

はん亭：東京都文京区根津2-12-15。

朝《清明上河圖》年代中國的亭台樓閣，而曾幾何時，我們反要在日本不時的興起此種緬懷！

這幢はん亭看過後幾個星期，我偶翻書，又看到書上它的記載，才想起我原來讀過它；但如何比得上我不小心親眼撞見啊！

說到撞見，最開心的是對餐館的毫無規劃之「撞見」。乃東京好之又好的美味餐館太多太多矣；若要將世界一流之好館子事先預訂好，早就能吃到滿意極矣、齒頰留香極矣的多頓美食！但它又是一個如你不進「米其林」或名登榮榜之店卻照樣可能吃得驚嘆不已、且毫沒預警的就來到你的面前又吃進你嘴裏那些好飯的城市！

所以舉世太多市鎮你或許不適合撞見；但東京，你如不找時機去撞見，那就太可惜了！　乃它的好店太多了。　而驚喜，在人一世中，何其珍貴啊！

3 街景

最教我永遠看不膩的，是街景。就只是這兩個字，街景。

它包含街道的開展法，像建在坡度上或建在彎弧的地勢。也包含街面上房子的疊聚法或店家的特有性格，於是町家有町家的趣味、隅丸建築有隅丸建築的美（在轉角上建成圓弧的造型）、看板建築（像是美國商業街面上false front）有看板建築的吸睛功能…………

小網神社附近一幢寬廣的「看板建築」。它本身就是做建築塗裝的行業。

更包含無數的各種店家所售物品所呈現出來的意趣。　他賣的是什麼，便弄出他要你注意的景樣。比方說，赤坂某條街上，突然出現一個招牌「白碗竹筷樓」，似是北京菜。名字起得那麼雅，店招的黑底白字是那麼樸素卻又有自信，教人聯想清末民初那些古城如開封或杭州（像胡慶餘堂巷子裏會有的）或許能看到的景象！

有的標明了是「小物」，有的標「著物」，有的標「和物」、「和小物」、「和裝服飾」、「和裝小物」、「江戶風物品」、「江戶民藝品」（這些以「淺草仲見世」店家爲例）……太多是完全不見得用得上，但就是極教人佩服良久的古意「店景」！

也就是說，在東京走路，眼睛的工作早就多得不得了、豐富的不得了矣。

白碗竹筷樓：東京都港区赤坂4-2-8金春ビル別館

赤坂的北京菜館「白碗竹筷樓」。黑底白字圖案，令人一眼就瞥見。

如你走在三、五條小路上，一下子出現了吳服店，不久有金物店，再不久，有疊（榻榻米）店，走不遠，有米店、海苔店、水果蔬菜店……再往下去，有「湯屋」（洗浴場），不久有履物店，有甘味店，然後還有餐館，有的只叫食之處，有的直接說是某某丼，便是蓋飯，有的是蕎麥麵，有的則叫割烹，便更高檔一些……

再加上某某病院（建築會顯出氣勢），接著有小學校，有公園。

這些諸多景致，便是日本人最動人的街景。

當然前說的榻榻米店、吳服店、湯屋、甘味店等，只是更充滿古風罷了。

也正因古風，我們華人在自己的城鎮所看不到的、所十分嚮往的，便常在日本滿足了。

巢鴨的海苔店。

也因爲街景對我已很夠用了，造成我皆是站在門外觀望，也發展出我的門外漢哲學。且舉一例，我甚少進美術館或博物館。乃爲了不用「進入」。也爲了不大願再花氣力去細看展品。並且也爲了，有一點不怎麼想做「內行」。甘於做一個泛泛之人！這就像我少年時不怎麼樂意讀書，只一心望著書名、泛視著書封面、稍稍翻開幾頁瀏覽幾行就已感到夠了的那種懶惰鬼習慣！

4 走路 是在東京最奇妙的修行

東京注定要教人走無盡的路，於是來此以走路來修身養性、來鍛鍊身體、來恢復病體、來拋開世務純粹做「苦行僧」……都是舉世最理想的地方。

山坡與大樓之間的一塊凹槽。街景中最受我鑽看的東西。

一天中要走個兩、三萬步，太容易了。並且在東京的走，還帶著許多的用眼、用心神，調動記憶、調動學養，享受知識、享受美感，尋求好奇、挖掘答案，於是不純是耗腿力、流苦汗，倒反而是全方位的揮灑心與力，這種養生，別處何能做到？

且說一事。我很喜歡到西郊的「小金井公園」去看「江戶東京建築園」。

江戶東京建築園：東京都小金井市櫻町3-7-1（都立小金井公園內）。

那像是一回由東京向外地去的小型遠足。

江戶東京建築園最好的是，你會在十幾幢房屋中專注的盯著看，看著看著，會入了神。當再換至下一處，你才可能轉換另一口氣。這一當兒，你可能覺得稍有一點累，便也可以在公園中歇一下腳，放眼見大樹千章，常間有猶未落盡的紅葉，甚至遠方有金光閃爍的銀杏，倒也心曠神怡。其實沒坐多久，竟然疲意已消。

小金井公園相當的安靜，大樹也多，卻沒啥遊人。偶有中學生模樣的選手在練跑步。一波一波的，每波三四人。

日本有太多地方，你來，對著那些景，一幅景一幅景的流過，漸漸的，竟然你的人就空了。像是只爲你自己在想你個人的事。它不斷有流動的

江戶東京建築園中間最受行家細看的前川國男邸。

景物在你身旁經過，你未必在觀光，倒像是在冥想。

並且你不是刻意要冥想，是冥想自己會湧到你的身上。

人得到樂趣，常是腦筋盯著某事（如觀影、如聆樂、如看著窗外、如讀小說⋯⋯⋯⋯）較久後，身體內部產生變化；這變化是一種high的感覺，像是高興，或說快樂。這種時機，最是珍貴。你會想從沙發上下來，手舞足蹈一番，或是想套上鞋子，下樓去走走什麼的。

還有一種類似蓄養這種high的方法，便是在外頭找東西觀望的走路。以走路的移動來完遂「閱讀」「鑽研」「探求」這種過程，會很多方位的達到我說的腦筋裏的high意。

可見養生是最好也把養心同時來做。

而要大量的有張望式、閱讀式、鑽研式、探求式的走路地方，有這麼一處，東京。

但要把握那種「初次撞上」的珍貴驚喜！就像有一次我天一亮竟來到井之頭公園。先是四處泛看，愈走愈遠，大盛寺近處佳景也探了，它往

井之頭公園：位在武藏野市和三鷹市的都立公園。屬於恩賜公園。一九一七年開園，現爲日本櫻名所一百選之一。

正在施工的工地，也是我最有興趣的街景。

下的階梯的好畫面也細賞了，旁邊一株高大銀杏的燦爛也收在眼裏了…………走著走著，沿著井之頭池北面貼著坡下的覆滿落葉的泥土地踩踏著步子、這麼的柔適走路、且心道怎麼會如此舒服！此等落葉土地能教我把腳何其有幸移走於其上，太了不起也。花錢也買不到這樣的路面！　世事誠如此，花錢買不到的佳物其實極多。

一邊走，一邊聽腳下的沙沙響，間有幾聲烏鴉的啊啊啊啊聲！

這個公園，很不錯，而你走著走著，竟是飄想我們人一生在各處東看西逛、是挖掘出什麼樣的課題？　唉，有一處地方教你會想些別的，也是極美妙的。

三、去東京，都玩些什麼？

許多很愛去、很常去的人，當你問他：「你去東京，都玩些什麼？」十次有九次，你問不出什麼答案來。

要不就是得到：「沒有啊，就是去吃啊。然後再看一兩個展覽，逛幾家特別有設計的店，就很夠了。」

我或問：「就這樣啊？」他可能再加：「還有就是陪老婆挑一兩個包包吧。再有空的話，幫女兒找一雙日本限量的球鞋什麼的。當然，有幾款藥，也順便幫家中長輩買一買。」

老實說，這種答案很眞實，也很普遍。並且，表面上聽起來好像玩得很隨性，其實它的內容可以極爲精采。

但說起它的人，竟然像是講不怎麼出東京高妙之處的那種口氣。

這其實也隱隱道出了東京的豐富。

第一，他說的吃，往往非常有特色；然他說得輕描淡寫。像他中午挑選的某家鰻魚飯（像在東麻布1－5－4的「野田岩」），挑選的晚上的壽司（像在新橋2－15－10的「新橋淸水」）。再來第二天早餐的西式有機酸麵糰麵包做成的炒蛋三明治附咖啡（且在明治年間的木造老屋裡）。再來的晚餐選的是鐵板燒（像是日本橋本町1－4－5的「誠」鐵板燒）搭配一瓶日本自釀的自然派葡萄酒。而其間的某頓地中海餐或某頓天婦羅（像在澀谷區千駄谷5－24－2

高島屋時代廣場十三樓的「綱八」）等等，皆是精挑細選之作。而吃飯的前與後，正好是他在飯館左近遊逛之區，不管是赤坂、是六本木、是銀座，抑是新宿。

第二，他說的展覽，常常也精采之極，不管是正倉院特展或是私人美術館如根津美術館的宋代書畫特展等，每一個的入館常要耗掉好幾小時，是那種極慎重的鑽研之旅。哪怕在「主題展」之外，那種很懂選展館之人，即使連臨時起意在經過「昭和館」這樣的地方也探頭一看時，竟然看到了像昭和三十年代（即五十年代）的兒童刊物展，並且一剎那間獲知了當時日本漫畫極其完整的造型與線條風格！哇！這何嘗不是令他特感驚喜之收獲！

第三，所謂逛幾家有設計的店，聽來很輕鬆；其實連同店面設計、房樓建築、售品擺放、售品工藝之細細探究…………那又哪裏是一件等閒之事呢？這

四、五十年代的日本風俗常在昭和館窺到。

二、三十年來，我聽聞的設計師名字像川久保玲、隈研吾，聽聞的品牌像APC，聽聞的街區像表參道、代官山等等什麼的，全是由這些把東京說得很不經意的人口裏說出來的。

於是不少人的五天四夜之旅，其實不乏太多太多行家的細節之施展。

四、東京的玩法

從機場坐電車進城，車窗所見，便已相當悅目。這是日本特殊的魅力；哪怕這些窗外通景多半由郊外的住家群落構成，並非名勝絕景，然看在觀光客眼裏，竟也是十分入眼。

接著便是入住旅館。

入住完後，隨即要想，晚上到哪兒吃飯？

這往往是最難回答的問題！

再就是，明天起床要去哪裏？這更難！

想去的地方，何止二十、三十處，但突然一問，一處也答不出來。

我可能對日比谷公園印象很好。公園對面的法蘭克．洛伊．萊特（F. L. Wright）設計的已拆掉重建的帝國大飯店也值一看，旁邊的日生劇場也是好建築，甚至跨過日比谷公園去看皇居的二重橋也甚好……但我會第二天一早去看這些個景點嗎？

未必。甚至我即使一早先去築地吃生魚的早餐，看這個世界第一的魚市場之早晨奇景接著遊走銀座、再到日比谷，於是產生剛才的行程。但，我的東京第一個遊程，多半不是這個！

萊特（1867-1959）：美國建築師，以「有機建築」概念著稱，強調建築需與人性以及其環境協調。

通常，把第一頓晚飯先計畫好，甚而把第二天一早的遊程也規劃好，是行家的玩法。因爲那麼一來，人就完全不慌了。

然而，也可以不用如此。

定出三、四個遊程，是玩東京的好方法。但完全腦袋空空的，想到什麼做什麼，也未必玩不出好招。

所謂「東京的玩法」，我也一直希望有這麼一本小書，把我和太多遊人心中想了幾十年「到底怎麼玩最全面又最深刻、卻又最靈活最左右逢源、然後極有格調又行雲流水、卻又不用過滿、能適可即止」的東京指南給寫出來。

但幾十年過去了，這樣的書，看來眞不容易（搞不好要自己寫）。

坊

間的書，要不寫得太貪心，把所有的好景點好餐館好商店都灌進去了；要不就寫得太專業太有學問太豐於資訊，人獲得的是琳瑯滿目反而不好使用。

假如把你想去的點列出來，再看用何種方式把它們貫串起來，或許是一個方法。

像有人想去萊特設計的「自由學園明日館」，加上「舊江戶川亂步邸」，那他就得去一趟池袋。像有人想看芥川龍之介生育之地，而那是在稍稍遠些的「兩國」，後來又得知此地是相撲的重鎮，不但有「兩國國技堂」，還有相撲博物館；再加上此地有《忠臣藏》故事裏的吉良邸跡，並有本因坊屋敷跡，更甚至有浮世繪大師葛飾北齋美術館，才因此更多了造訪此區的理由！

像我多年前曾經擬下要去的世田谷市政廳（前川國男一九五九年設計）、

《忠臣藏》：根據日本江戶時代發生的元祿赤穗事件所改編之戲劇，至今已被多次改編為電影、舞台劇、電視劇。

由香里托兒所（丹下健三一九六七年設計）、及世田谷美術館（內井昭藏設計），或是安東寧．雷蒙（Antonin Raymond）在西荻窪設計的「東京女子大學講堂禮拜堂」，皆因爲不知是太遠抑是什麼，我都還沒去呢！

但完全沒有概念的人，或不能用此法。

至於我，我想去哪些地方呢？　真還不好想。　但最倉促能脫口說出的，我會說：

一、聖橋（在橋上看神田川及火車、地下鐵穿行通過），再加湯島聖堂（此東京的孔廟也，亦有靜寧小庭園與一株高大楷樹）。並站此遠望順天堂大樓等的開闊景，並遐想神田山三、四百年前是如何鑿成今日之空曠。　若要加一、兩家店，我會逛Lemon Gasui的筆具店，或是坐進「穗高」喝一杯咖啡。

穗高：東京都千代田区神田駿河台4-5-3 御茶ノ水穗高ビル 1F

從聖橋上俯瞰神田川及交錯穿行的電車。

東京大學綜合圖書館。我最愛觀看建築的一所大學校園。

二、東京大學。我最喜歡一大早，由南邊的「春日門」進入，北行，不但看綜合圖書館外觀、看各科系之建築，最重要是繞遊三四郎池（往往一個人也沒有），最後由「彌生門」出去。經過竹久夢二美術館，走往根津車站。或在車站對面的「珈琲館」（kohikan）吃一客帶咖啡的六、七百円的烤土司與帶殼水煮蛋早餐。

三、澀谷車站西口出來，瞥一眼忠犬八公的像，想牠的感人事蹟（牠連續十年黃昏時在車站等主人回來，卻等不到）。再看全世界最多人潮一過綠燈時的交叉穿過之壯觀。再經Shibuya 109大樓旁，登坡。在東京最密集的Love Hotel區的道玄坂穿過，去「文化村」（Bunkamura），看一眼，再去松濤美術館看一眼外觀，然後在「鍋島松濤公園」稍作休息（這一區是高級住宅區，剛好和適才的道玄坂成一有趣對比）。

東京大學的三四郎池，其實是極好的園林，大樹、大石、坡道，全部是那麼好…………唉，多少的名園，多少的名庭，何曾贏過它呢？

四、乘地鐵至惠比壽站，出西口，穿過惠比壽公園，北行，登坡（像是四處小眺山上人家），散步到代官山站，看Hillside Terrace的聯棟建築（槇文彥設計），再看舊朝倉家住宅。再至中目黑站，看目黑川的河景（春天看櫻花景）。

五、找一天到西郊的小金井公園去看「江戶東京建築園」。慢慢的遊走於至少三、四十幢極能窺出生活面的這一、兩百年的有趣房子，並在三、四個休息點吃點水果，喝點咖啡，甚至吃點自己備好的野餐（不管是西式三明治或日式的壽司）。甚至在傍晚返程時，在荻窪之類的西郊小鎮吃一頓好飯！

六、如是周日，我或許一早去雜司谷的「鬼子母神堂」逛一下市集，然後在廟前的表參道去瞄一眼手塚治虫當年租的小屋，再向東南散步到肥後細川庭園，並在門外瞄一眼「和敬塾」和「永青文庫」，接著走進「旅館椿山莊」看看它的婚禮空間之氣派，也到庭園裏看「三重塔」、「關口芭蕉庵」等景點，這時已有些累了，但若是帶著朋友逛，會說：「要不要向北跨過目白通去看一眼和我們貝聿銘設計的東海大學裏那座教堂同樣時間的由丹下健三設計的聖瑪利亞主教座堂？」

鬼子母神堂的六百年公孫樹。

後來我發展出，最佳的遊法是，以看爲主軸；看某種景，像一個坡度的房樓景（其實是看地勢的天成之美），或一幢建築（不管是建築師的高超設計，或是一家牙科診所的古老模樣），或一條豐富的街（充滿了各式的佳店美鋪）……然後在這看之餘，再找一處所在歇腳一下，比方說，喝一杯咖啡（有時某家古典老店恰在不遠處），喝一杯甘酒（像在「神田明神」門口），吃一兩個日本本地種的奇異果（如果剛好買到，又進入一個經典小公園），或是吃一碗豬排飯（剛好餓了時），吃一個漢堡什麼的。

假如這家壽司太好吃，又假如這家生蠔太鮮太美，假如這碗親子丼太溫潤滑口，假如這杯專門wine bar的清酒太冷冽香美，假如這個豆漿霜淇淋太甜香……其實何嘗不是先前一幕又一幕適才看在眼裡的好景好物已太令你的心神感動、情懷太奔放太舒服太稱意又太高興了，這一當兒又撞上這件好滋味，正好全盤的釋放出來啊！

連餐館也要「撞見」。固然餐館可以先規劃，甚至名店也先把座位預訂好。但我認爲，隨你的當時心情，臨時去找，往往更妙（世界很多地

谷根千的大名時計博物館附近巷弄。幽靜中近乎冷清。

方或許不宜如此，但日本絕對可以）！

以谷根千（谷中、根津、千駄木之簡稱）爲例，可看的小景太多。主要街巷很小而各店貼靠很近。這可以慢慢看。而看上一陣，遇有公園，可稍作停頓。岡倉天心紀念公園，就是停歇點。只是停，沒幹嘛。甚至連坐都不坐。這種停，往往是最好的閱看地圖的時刻。而我皆是看紙本地圖。這就要自背包中取出紙本，其實有些「負擔」。朝倉雕塑館與谷中靈園再加上大名時計博物館，這都是寺院周邊的建築物；他們說遇上剛好的時刻，各院裏傳出的木魚聲，此起彼落，是特有的肅穆氣氛。前兩天在Mid Town的高樓裏穿梭過多的遊客，此刻來到這裏，才道：「這一下終於安靜了！」

谷根千你若走上二十分鐘，其實已看了極多小景、逛走了極多街路，卻還未必想進一家咖啡店喝點東西。這是密集區的好處。

神保町的遊看，如只挑三、五家書店，兩小時已可以極累（我近年已盡量不令自己走進）。我通常把歇腳點規劃在Hilltop Hotel的咖啡座（但疫情後人滿爲患，很難坐得進去。正好學會了「放棄」的藝術）。好好休息一下，並且拋開適才的專注。

若以上野為例，不妨以觀看建築物為主，再以公園為一段一段的歇腳點。像國立西洋美術館（柯比意Le Corbusier設計）、東京文化會館（前川國男）、國立科學博物館、黑田紀念館、舊小川眼科、黑門小學、比留間牙科醫院。

看建築，做為散步張望的主體，是最方便的遊法。

但建築太密集時，要設法跳著看。比方說表參道上如此多精妙建築，一幢接著一幢，你要盯著細審細察，這一幢是隈研吾，那一幢是安藤忠雄，又一幢是伊東豐雄，再一幢是青木淳，更過去杉本博司，太多太多，簡直是目不暇給，唉，索性就泛泛遠望吧！看個七、八幢，繞個二、三十分鐘，就轉換戰場吧。往往一家店也沒進去。

它們太精美、太卓絕了，所以我最喜歡找神保町的建築和街景來遊逛。

自由學園明日館是F. L. Wright的名作，但它對面的「婦人之友社」（下圖），竟受我更多盯看。

乃它們相隔頗遠。其中有一點是，教自己別在舊書店停留太久。

這些建築，像博報堂、文房堂大樓、研數學館、天主教神田教會聖堂、聖尼可拉大教堂，然後再看神田川上的「聖橋」。跨過神田川，再看湯島聖堂、神田明神，以及稍偏西面的「元町公園」。

這些是「點」，中間經過的線，也充滿趣味。

五、遇上最適時刻的玩法

柴又，這麼鄉氣十足的郊區，都教我生出「我想吃的鰻魚飯，怎麼捨得在銀座或澀谷把它吃掉呢？應該留在柴又、逛完了帝釋天、甚至坐過了矢切渡船、才好好坐進店裏、掀開漆器蓋子、才吃吧」！

這就像在太多溫泉區泡完湯，如能就近吃一家「蒲鉾」（魚板）的老店的關東煮，喝一盅辛口的清酒，緩一緩身上的暖意，等一下再去吃晚飯。

尤其除了尋常關東煮，再能加點「燉牛筋」等內臟類，就最滿足也。

所以，我發展出一種玩法；便是在城市中心玩上幾天後，不妨到郊外或鄉意之區逛逛。而選吃的食物，亦可稍作設想；像哪種食物留在北千住吃，文字燒留在月島吃，什麼東西留在龜戶吃，新式的有機觀念的漢堡留在吉祥寺吃。蕎麥麵在哪裏吃，鯛魚燒在哪裏吃（雖然我在日本幾乎不大吃大福啦、草莓蛋糕啦、菠蘿麵包啦、紅豆餅啦等甜味零食，當然鯛魚燒也是⋯⋯⋯⋯）？但總會有地方勾起我想吃的慾望，像淺草仲見世或什麼的。

君不見，有些行家，單單選公共澡堂，索性選高圓寺。單單逛古道具店兼喝一杯西郊式的咖啡，索性選西荻窪。單單逛一個規模不算大、卻情境頗古雅的市集，索性選鬼子母神堂。單單想追索一下童時台灣也有好配稀飯的濃醬鹹中帶甜小菜（其實是日本人的「佃煮」），也要在谷中的「中野屋」在老太太的裝盛與包紮下來買！

中野屋：東京都荒川区西日暮里3-2-5。

某次在上野公園的大門外，那條熱鬧極矣、人流多之又多的大馬路上，想要坐下喝一杯咖啡，沒想到好幾家開在二樓的連鎖咖啡店，你一上去，發現排隊排得忒長！這一刻，我生出一個想法：「此處會不會是全東京我認爲最糟糕的區塊？」

其實，你稍一沉吟，便知不太遠處或公車幾站外就有太多舒舒服服的角落。你斷不可教你自己陷在完全不值得受拘的境地裏！

也就是說，東京如此多的咖啡館，你也要在「最理所當然」的時機、最理想的情境、最理應的地域、最「不該被別物或別的事情取代」的狀態下，走進這一家說什麼也要進的咖啡店。像我在地圖上看到東日暮里有一家叫 Pépé le Moko（一部三十年代法國電影名片）的咖啡館，心道，眞要找一天特別去根岸逛，並且留一杯咖啡的胃口，在 Pépé le Moko 喝。（後來某日一大早我眞去了。還未開。自窗外一看，唉，大概不是我會進的鋪子。）

事實上，東京是全世界最豐富咖啡館的地方。在銀座有Café Paulista、有椿屋、有琥珀、有資生堂等固然很棒很經典；在人形町有「喫茶去 快生軒」固然很富歷史；但又老又有風味的店太多太多了，不止是神保町的Chopin、不止是道玄坂的Lion音樂咖啡館，太多太多看似木造矮屋的下町區塊，照樣有洋氣十足的浪漫老闆開出來的咖啡館！

同理，東京如此多的公園、美術館、名人故居、百貨公司……你能恰好在正是最想進入的時刻而就不可避開又極其欣喜的走進去嗎？

說來不怕您笑，我常在最舒服的散步了幾個小時的放鬆並愉悅下，竟很想上一個大號，往往就剛好遇見了東京最好的公園……

六、東京的公園

走過了七、八條街，看過了五、六十家店面或櫥窗景，如要找一「停頓點」，除了喝咖啡或吃零食，最好的地點，是公園。

許多很完備雄偉的大樓，你在裏面，只能輕輕悄悄的看向這角落那牆面、看向這擺設那桌椅，連樓梯的經典扶手也只敢輕撫而已。這到底是人家的地方！但公園，你能最放鬆、最自在的享用它。

它幾乎是你在這幾十分鐘裏可以獨擁的一片天地。你想好好研究這一棵樹，或是在一張凳上枯坐，或是上一個臨時起意的大號，或是忽然注意到它的某幾片石頭的置放、幾乎想和平時那些愛聊造園或愛聊茶席的朋友通

荒木町某小公園裏的燒製精良陶凳，教人很想一坐。

鍋島松濤公園的廁所。

信息了。太多東京的公園極適合和兩三知音同遊同指指點點（就像觀美術館極適合與藝術家朋友同賞同評頭論足）！

公園，在東京是極可以好好講上一大篇的。但超大型、極經典的「完備版」公園，如上野公園、新宿御苑、明治神宮、井之頭公園、昭和公園等，比較不是我所說的「停腳處」的公園。他們是要漫步端詳、甚至當作一件鑽研或徜徉良久的專題空間，並不是我想很不經意的、很不當一回事、只是在樹下稍稍坐上十來分鐘的那種公園。

然此種公園也其實有講究；像南池袋公園，我只會站著遠眺，一兩分鐘，幾乎坐都不會坐，它是一大片空曠的景框。你透過它，看向遠處的天際線。但千駄木的「須藤公園」，我原只想坐三、五分鐘，卻一停留竟停留了二十多分鐘。後來一查，原來它是江戶時期大聖寺藩的下屋敷。再多查一下，原來我無意間經過甚感驚艷的「鍋島松濤公園」也是紀州藩的下屋敷。又某次爲了上廁所一停的「淸水谷公園」竟是紀州藩的上屋敷。當然我也去張望過的「旅館椿山莊」的庭園，亦是久留里藩的下屋敷。至若那些在六本木我人常走經而沒進去的「檜町公園」、「毛利庭園」也皆是大名的下屋敷。

有些公園我知它來歷不凡，只是還未去過。像新宿區的戶山公園（在箱根山）、甘泉園公園。或像駒込的六義園，或像淺草邊邊的隅田公園。

倒反而是那些小到一下就晃過的「小泉八雲紀念公園」，反而被我注意到。皇居北面的北之丸公園，如此之大，我反而急急穿過，倒想往西去看一眼那小之又小的「東鄉元帥紀念公園」。

許多名不見經傳的公園，常在你很有緣分的相遇時機，流露出極難能可貴的價值。這種公園，東京最多，也最好看。像在神田明神後面高坡上的「宮本公園」，我亦是無意間撞見，覺得這樣的小公園，太可愛了！

有些公園，我只在地圖上看到它的尺寸，並猜想「它是不是不錯的小公園」？像池袋的「豐島區立目白庭園」，以及它北面的「上り屋敷公園」。但還沒去過。另外，像港區的「溜池」綠地（是否有公園之名？）以及稍南跨過靈南坂、與大倉飯店所夾的那一片綠地。以及虎之門站南面的西櫻公園與南櫻公園。

可見公園眞是東京的珍寶，乃它很多是以古代最好的地景來圈廓而成。數量之多、分佈之廣，教人左右逢源。並且它的廁所之分佈，也是如此的友善。

當然，我最喜歡它的，是表面上它的「歇腳」功能（在此喘一口氣。把

須藤公園原是江戶時期大名的下屋敷。人突然發現它，像是發現國寶一樣的驚艷。

目白庭園後來我眞去了，哇，太清幽了！　有可能是全東京最幽僻、最不被遊人得知的一處國寶級公園！

屁股放在凳上。趁機喝一口水）；其實更多的，是離開適才的「專注」（哪怕張望也有頗多的凝視，也就是「專注」），拋卻前面兩個小時的用神。甚至更要緊的，是離開人群、離開進站出站、離開辨識何地何名何物等的那種回返鄉荒空無的自在之境。

1 日本，是野餐最好的國度

日本人最疼惜自然，卻又最知馴服野地，故而日本的荒野，竟不那麼可怕。同時日本是極適野餐的國家。我曾說京都很適野餐，是說那麼一個古都都還需要野餐、適合野餐、有時還眞不得不野餐，那深具野趣村鎮鄉地更不用說了。

更爲了能在公園中多些盤桓，索性在此野餐。

也就是，最好吃的東西，都能買出來，在餐館以外的佳妙地方享用。主要是公園。有時河岸邊、或空曠地，也宜。

2 享受三明治的最好城市，乃有最好的公園

當然，最適當的野餐是三明治。也包括漢堡、熱狗。東京有太多精采之極的炸豬排、炸牛排三明治。也有教你想到就流口水的夾蛋土司。就像純粹日本人會做的「鐵火卷」，這些美物的承載天堂，是公園。

你如常和朋友同遊東京，不妨練就集合美味漢堡、三明治，以及挑好佳美公園，然後把他們全聚在此處、放情的這種吃一點、那種吃一點的享受！

如果有一本書，是「不進館子的東京指南」，那會是多棒的一本書啊！我會最先買來看。

3 兩個橘子

在冬天，我很喜帶兩個橘子出遊（日本小橘子，在你放好行李、步出旅店、常就在街上被你瞧見。那種鮮艷的橘紅油亮，是你第一件「觀光」之舉。你不免瞥見它的產區，和歌山或靜岡。很快，你就付錢買了。這便成了你來此的第一件 shopping），且規定自己在接下來的兩、三個下午的步行中找機會把它吃掉。除了補充水分，最重要的，是補充維他命 C，更別說有相當多的纖維。更好的，是它小，吃起來沒壓力。

另一妙處，是爲這兩個小小橘子去好好覓取一處像公園的地方。

而不是只隨便在車站口倉促又拘束的甚至鬼鬼祟祟的把它草草吃掉。

假如你能把你要逛買的東西，加上你要眺看的建築，加上你要吃的餐館，加上你要進入細看的美術館……等皆在這一天中去到了，而又在這期間恰好能踏進一或兩個很有味道的公園（不管是歇一下腿、抑是上一個廁所、或甚是吃一個橘子），那麼我要說，你算是遊東京的行家了！

七、文化上的左右逢源

東京遊，太多可排的行程，但如果不能做到文化上的左右逢源，總覺得有些可惜。

而所謂「文化上的左右逢源」究竟又是什麼呢？

譬如你在「旅館椿山莊」的對面，看到了聖瑪利亞主教座堂，一查是丹下健三的作品，並且建的年月，恰好是貝聿銘與陳其寬共同設計的東海大學「路思義教堂」的相近時間。再一查看丹下的年齡，又與貝聿銘差不多，而兩人皆在六十年代不約而同設計了教堂，這是頗有趣的。這算是文化上的一種令你產生趣味、或發生關注、或發生聯想、或獲取愉悅的遭遇，也即我所謂的「文化上的左右逢源」。

又你在人形町準備找老店吃東西，像大正八年（一九一九）開業的「喫茶去 快生軒」，像明治三十七年（一九〇四）開業的「來福亭」，像全日本親子丼的元祖「玉ひで」，這一類老字號，不想沒走幾步，赫然見到「谷崎潤一郎之誕生地」牌子，哇，這一下子突然觀光之樂多出了好多好多。

再說一事。某次我被朋友帶去六本木的「國際文化會館」（五十年代由前川國男、坂倉準三、吉村順三設計）吃晚飯。飯後先賞看了一下江戶年間已建成的庭園，接著在咖啡廳坐著喝酒。牆上有一幅前首相吉田茂的字。深夜回到旅館，翻了一下白天在神保町只花了十分鐘逛書店（我硬性命令自己只能逛十分鐘）買得的六十年代出的幾冊《キネマ旬報》（一本一百一十円，極廉。這雜誌在八、九十年代絕不止這價錢，且那時被賣到舊書店，不算多。

吉田茂（1878-1967）：日本政治人物，第四十五、四十八至五十一任內閣總理大臣，任期間主導日本輕武裝、發展經濟的國策，影響日本至深。

谷崎潤一郎出生地的蠣殼町。

六十年代造訪東京的印度大導演Ray。牆上掛著的是吉田茂的書法。

到了二十一世紀，人們家裏更無法擱東西了，致《キネマ旬報》被大量賣出來），其中有一期竟是印度大導演薩雅吉・雷（Satyajit Ray）當年訪日時，正好坐在吉田茂的那幅字下面的照片！哇，簡直太有趣了！

吳清源、林海峯下棋的東京，力道山摔角的東京，川端康成尋看古董的東京，三島由紀夫洽談出版的東京，池波正太郎吃飯的東京，石原裕次郎、小林旭拍片的東京，森鷗外、永井荷風、向田邦子思索素材的東京，林海象、原田芳雄、永瀨正敏討論劇本的東京，村上春樹跑步的東京……哇，太多太多，都是發生在這裏。

但我要在這七天六夜中找哪裏去探看呢？

這就是東京迷人的地方。

它像是一個非常有創意的考題一樣。

東京，幾乎已經是終極城市了。

當整個東京一下子放在你面前時，你往往措手不及，不知從哪裏下手。

井原西鶴、歌川廣重觀察題材的江戸，如今在昔日的遊廓區依稀能抓到一襲治艷的感覺。永井荷風所見的明治與大正，他當年所欲抓取的西鶴之江戸，又何嘗不是要帶著些許的想像？

戰前與戰後的昭和，日本的工業化建設已極多，這類又有點寂寥、又有點無情，長屋的人進進出出，遠方的電車不痛不癢的經過，加上郊外的團地社區住宅一片一片的出現……這種種景致教人想起莫不是替松本清張構架起他對社會人情隨要解剖的舞台？

然而華人既感眼熟卻又是完全一大張你不易了解的薄紗下的東洋，此種半陌生好奇、半早視之爲鄉愁舊識東方的美妙地方。

但你最傾心、最震撼、最驚艷的東京，是什麼？

比方說，「文明」的好印象，如火車之準時、地下鐵之無所不在、街道鋪設又平又有麻點（以是不會滑）、百貨公司所陳列物之吸引人、寺院與神社所鋪砂石之透水與好走…………

像空氣之清新、水質之優、所住旅店或所進咖啡館之打掃一塵不染……

小便斗旁也會考慮做掛傘的勾子。日本的深思體貼，於此亦見。

又像餐館食物之可口、之乾淨、之教人放心，且價格相當平民化，且製吃者的虛心業作，更加上超市與便利商店的食物也教人同樣滿意…………

這些都是日本的基本盤，原本就讓尋常遊客早已愛他極深矣，但最傾心之東京，當然是些別的。

有人進到一家大的書店，看到幾十年來老的岩波文庫的各個title，簡直目不暇給，心道，我怎麼突然來抵了東京——這個知識的寶庫！

八、刹那間靈光閃現的啟蒙感

這種心爲之震的經驗，令他將來決心還要再來，再深掘那沒法一次看完的出版物。

此種知識的靈光閃現的啟蒙感，是人至異地旅行相當期待獲得之物。

乘地下鐵亦是。

地下鐵之各家爭鳴，顯示東京市中心每幾百公尺皆有人煙集聚的重要地點，故設有站。這些地點與地點之間，在江戶時期，必須倚賴步行，或倚賴轎子，或倚賴舟船（彼時川河廣佈）。而現在，更稠密更豐備了，於是生出了地下鐵。

這一來，人們就習慣用站名來指稱地區了，反而忽略了昔時的小地名矣。當然田端、駒込、巢鴨、大塚或許遊人還知道，而那些沒有站名的中里、西之原、千石、東尾久、西尾久、滝野川就受人遺忘了。

用地下鐵來遊，已很無處不抵、面面俱到矣，但有時反而忘了地面各點相關位置之佈列，令人只知哪個站的哪個出口如何如何，而忽略了哪個公園西面的哪條道路東南角的高坡如何如何。

地下鐵之初建，是手塚治虫成長眼中看到的「地底」啊、「洞穴」啊、「彷彿若有光」啊等孩子想像力之堆積意象，也很可能是太多日本人創作的素材。這莫不也是手塚當年的啟蒙震撼？

日本會有如此多的漫畫業、怪獸電影產業、推理小說行當、甚至A片產業、變態行業等，和日本的工業近代化、地鐵之無處不到，絕對有關係。

吾人早在書上或畫冊看過浮世繪，然東京大大小小的美術館像谷中的寺町美術館、澀谷的太田紀念美術館隨時全面式的展示浮世繪，教人剎那間獲知日本窺探自然與人世的獨特美學。

那種觀察法，與線條之既平面又立體的勾勒，是其獨絕處。又它的百姓生活及諸多世情的下筆點，甚至有一點小說與電影的敘述調調。也頗有晚明小品的一開口就令人叫絕的那股驚堂筆意。

這樣的浮世繪，如何會不啟發十九世紀末的法國印象派畫家呢？這樣的浮世繪，如何會不啟發日本本國的漫畫家及電影人（編導與佈景美術）呢？

歌川廣重的名作《大橋安宅夕立》。全世界的版畫都無法企及的畫面生動特寫感！ 影響後世的電影與漫畫極深。

吾國亦早有版畫，亦早有水印木刻，亦早有高手如陳老蓮等；然線條誇張、色彩大膽、造型出衆、全然立體要「躍然紙上」如浮世繪者，無有也！

此類多不勝數的啟蒙感，奇怪，在日本眞是強烈。莫非，這是心念很強的民族在近三、四百年的諸多與近代的撞擊以及與西洋的撞擊方能愈發推展出的？

地下鐵，以及浮世繪，只是「奔向近代」的顯例。前者激發了人們工業、理性、周全設想、環環相扣的用腦；後者砥礪了人們觀看世事之尖銳深情及特寫張揚，兩者直到今日仍受大衆時時的貼近！

吾人今日只是來觀光、來遊樂的，竟然驚喜於這種啟蒙式的獲得；實則一百多年前李叔同、王國維、魯迅等莫不也是震撼欽服莫名？

噫，「人生第一次震撼」式之啟蒙，日本竟然扮演了這麼重大的角色。

就像在五、六十年代，台灣的知識分子突然看到了黑澤明的電影，那種武打場面，那種人物與背景之前後映照的黑白攝影，那種東方，心想，我們也是東方，甚至想，我們的文化更老更深厚，唐詩、書法更受你們日本尊崇，但爲什麼你們的巨匠，像黑澤明，一出手就令我們五體投地！

或許我們出外旅遊，想找到的，是這類教我們深爲傾倒的事物。

吾國明朝許多有意思事情，自書上讀來很嚮往，但走在蘇州或山東濟寧，並不能感受當年。反而在東京感受一絲江戶，再由江戶生活的情趣設法將想像移轉至明朝，這也是不得已的一個方法。馮夢龍時代的蘇州，應該還很燦爛，那些製吃的廚師，曾經伺候過沈周、文徵明、唐伯虎的，他的後繼者，

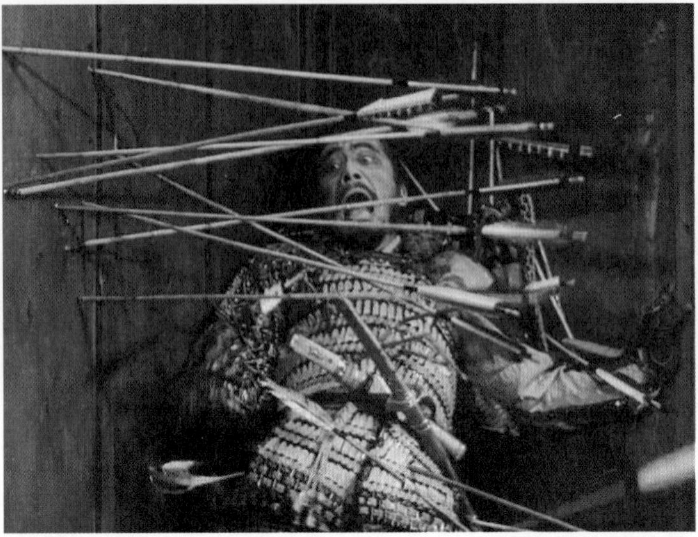

黑澤明《蜘蛛巢城》。五十年代的武打場面，領先我們好大一段距離。

是否在民國時期能伺候吳稚暉、錢鍾書？再一直往下傳續，如今還能製吃給後來來到蘇州的我們嗎？

江戶時代伺候過井原西鶴的製吃師傅，往下傳承，或許在明治與大正時代可以烹煮給永井荷風、北大路魯山人或溝口健二等人；再後來有後繼者，接著料理給池波正太郎吃，然後近年有小野二郎承接此種絕藝，某一

北大路魯山人（1883-1959）：日本藝術家，同時兼具篆刻家、畫家、陶藝家、書道家、漆藝家、料理家、美食家等多重身分。

天竟然做壽司給歐巴馬總統吃了。

如今的東京，我們去吃，可以吃上兩、三百天而依然豐富、依然不膩，而蘇州呢？看來吃不了太多天。

近三十多年，多少一波又一波寶愛東京、遊看日本讚嘆不已的我等人衆，常自詡是「東京的知音」或「東京的頭號粉絲」，其實在吾人之前一百年即有多不勝數的西方人對此東方靜靜國家的太多事物嘖嘖稱奇、張口咋舌、驚艷莫名、驚呼不已、嘆之又嘆、嘆之三嘆……有的人索性住了下來，要在這裏度他的餘生，終於在日本成了一家之言。像寫出淒美陰森《怪談》的愛爾蘭人小泉八雲（Patrick Lafcadio Hearn），像把京都「桂離宮」推上世界建築的至高殿堂的德國人布魯諾·陶特（Bruno Taut），像極早發掘日本電影巨匠之絕藝高超、著專書論黑澤明、小津安二郎的唐納德·里奇（Donald

地下鐵淺草站的地下飲食鋪入口（亦即溫德斯執導電影《我的完美日常》中役所廣司吃飯的地方）。

Richie），像這三、四十年迷死了東京，先前拍過了懷念小津的《尋找小津》（*Tokyo-Ga*）、最近又拍了《我的完美日常》（*Perfect Days*）的德國導演文·溫德斯（Wim Wenders）…………，太多太多，唉，我們對東京的欣賞、對東京的疼惜，並不孤獨啊！

九、以地下鐵來遊的方法

地下鐵大多在地底下，看不到地面上的相關位置。這是它的缺點。但不斷的找這站來鑽出地面、稍窺一眼，再找那站又鑽出地面、再窺一眼，如此東京各區的形樣概略，已能在掌握中矣。

老實說，也只有地鐵（再加電車），才得以稍知東京各區的一抹。這說的是它的框樣及氣味，還沒說到它的「內裏」（像公園內部、美術館內部、大樓內部、甚至餐館內部等「堂奧」）。

但如不是用地下鐵蓄意的去此區彼區窺看，有太多美妙的角落（甚至宏偉景點）你永遠遇不到。

先說大區，那些有名的築地、銀座、日本橋、新宿、澀谷、上野、淺草，都可以乘巴士抵達。但太費時。乘JR也可，但地下鐵最靈活。有的人去東京已去了三十年，但有好幾個小區小町從未去過（我亦是。東京實在太大），可見即使是地下鐵，也是乘不勝乘。

1 七十二小時的地鐵票，最有用

你不妨把十來個區塊，先大約規劃出來，以地下鐵（不是電車）來遊走，如此占盡它的便宜。所以我才發展出用「七十二小時地鐵券」來快速「玩半區」的地鐵速窺法。

在櫻田門站下，遊的是皇居的南面，頂多再加東緣的和田倉噴水公園與

72小時地鐵券，售1500円。倘搭車搭得勤，一天就可以去五、六個區塊。

日比谷通上的眺出來的高聳建築與遠方天際線。然後乘大手町站的車去別處，至於皇居的北面，要另外找一次乘車至九段下站來玩。

舉有樂町線爲例，我自東池袋站只坐一站，便抵護國寺站。在這寺只看十分鐘，知道西面有雜司谷靈園、有舊宣教師館，但不忙著去，只是知悉此站之大略，馬上再搭車去別區。

都營三田線的春日站下車，如向東向北逛東大的西面，如再從南北線的東大前站上車離開，表面上短短的一段步程，往往半個小時還不夠用。更別說還沒跨進東京大學的校園內呢。然本鄉通以西不妨這次遊。本鄉通以東，包括東大、包括舊岩崎庭園等，不妨下次乘千代田線在湯島站下車來遊。

比方說，窺看赤坂，乘南北線在永田町下，向北遊了清水谷公園並遠遠憑弔一眼已拆除的丹下健三設計的王子大飯店，眺一眼弁慶濠的水景，再往下走幾個「坂」如九郎九坂、牛鳴坂、彈正坂、丹後坂等，便可以從赤坂見附站乘車離開了。絕不可順便去赤坂離宮。

如此，方能在兩、三小時跨到了好幾個區塊，也藉此稍悉每一區塊的氣質(有時氣質你不喜歡，便不想再往內裏細探)，也因此搭乘到好幾種地下鐵。並且，最重要的，得知地鐵站的複雜度與步行距離（有的要步行太遠太遠的，日後要避開乘至此站）。

北千住的看板建築。

再像北千住；我會去北千住，理由很簡單：一、它是地下鐵日比谷線的最遠一站。地鐵券能跑多遠，那我就跑多遠吧。二、它位於隅田川與荒川兩條大河的中間，這位置，在古代或頗重要，甚至它是一個相當有規模的河埠碼頭也不一定呢。並且，漁獲搞不好也甚可觀！

結果一去，竟然它還是舊日光街道走經的重鎮。所以我的「地鐵站只遊半區」之法，在這兒的四十分鐘，居然還蠻滿意的。

這就是東京地下鐵的妙處，與技術。

2 「遊半區」的訣竅

說到省錢，像用了地鐵券，就盡量在這兩三天裏不坐ＪＲ或私鐵。於是

ＪＲ中央線到荻窪固然快速，但要另外花錢；如乘地鐵，丸之內線也照樣到荻窪。

除非是到赤羽，或是吉祥寺，或是柴又，或是下北澤，或是高尾山等，那就必須坐火車。

好比說，我乘有樂町線自東池袋（極冷僻之站）上車，先設想在櫻田門站下車，看一眼皇居的東南角（當然包括二重橋），不走太遠，再看完和田倉門跡，便去大手町站換乘千代田線，再去另一個區塊，如千駄木站，稍稍遊看須藤公園與舊安田楠雄邸庭園，便再換乘別車去別處。「九段下」出站，先看九段會館（可登五樓的天台遠眺），再看菊竹清訓設計的「昭和館」，此地適合遠眺，若向西南方多走幾分鐘，可看到「英國大使館」。它是各大使館中距離皇居最近者，不禁令人揣想近代史裏相當微妙的西方各國深入東方國家之先後次序

菊竹清訓設計的「昭和館」。大片的金屬表面，如不是世故的選材與施工，出不來今日的好模樣。

與強勢弱勢之流露。

乘日比谷線在惠比壽站下，先向西看惠比壽公園，自北口出，向西北，爬坡，經過Allegory Home Tools到代官山站，再向西，去看Hillside Terrace的聯棟矮樓社區，再看舊朝倉家住宅，便可向南從中目黑站乘日比谷線離開也。

去早稻田大學，便乘東西線在早稻田站下，專心向北，在校園中逛看。看夠了，如願向西逛早稻田通，則舊書店、飲食店等林立。接著可自西早稻田站乘副都心線離開。

去淺草，尤其要「看半區」。另外的幾個「半區」，下次再去。比方說，在銀座線的淺草站出來，先向東在「吾妻橋」頭眺一下隅田川，也撫一下這座

在淺草的吾妻橋頭向東望，菲利普 · 史塔克（Philippe Starck）的設計，那金色的一坨，你永遠不會看不到。有時，連晴空塔的光芒也被它搶去了。

老橋的鐵欄杆。接著在馬道通與新仲見世通交口，眺一眼「松屋淺草」這幢西洋老樓。然後仲見世逛南半段，雷門眺一眼，就往西稍逛個十來分鐘，便可乘車離去也。

其實，在淺草我很少玩超過二十分鐘。乃永遠都太多人。我皆跟自己說，下次再來吧。只是很久才出現下一次。

地下鐵的遊看方式，是楊守敬、王國維、郁達夫等人難以想像的遊看法。那麼，我算是比較幸運嗎（因能看到的區塊極多極遠）？但我只要不願細賞、只圖快看，那絕就不幸運矣。

銀座也不能逛太久。因爲太「雄偉高大」也，竟然有點像曼哈頓。最好每次只逛三分之一或四分之一，然後離開去別的景點區塊，剩下的，下次或另

楊守敬（1839-1915）：清末地理學家，一八八〇年出使日本，在日期間收購上萬本中國古籍，其藏書大多保存在故宮博物院。

早稻田大學大隈庭園口口上的 Uni.Shop & Café 125。雖是遊半區，也儘量在綠意樹蔭下坐一下咖啡館。

路面有軌道的乘車法，確實比地下鐵舒服。但缺點是，太慢。這說的是「都電荒川線」。

一天再去補逛。

當離開時，最好能找到最省腳力的地鐵進口，並很快坐上地鐵換至另一很易遊走的地鐵站，然後在那兒玩。

乘地鐵離開，最好跑遠一點，去別的區。

如銀座離開，就去東京站附近，或是去築地，或是去日本橋，便太近似了，也太沒「跨越」了。更甚至說，太可以直接就走過去算了。

所以銀座逛個一半，我皆是上車跑去像北千住啦，或是兩國啦，之類。

3 跨區，為了看出分別

而谷根千我逛個一半，常上車奔去的地方，像惠比壽、代官山，中目黑。爲了「跨區」。乃跨區你才會記住它們的不同。

原宿、表參道、南青山逛過，有時選一公園去放鬆，也會不錯。如在櫻花季節王子的飛鳥山公園，常是首選。或者小石川後樂園這種近三十年已不太流行的傳統老派園子，也可以。如果眞打定主意想要去的庭園是很遠的、更遠離市井的、會讓你更有休息感受的，就去清澄白河站的「清澄庭園」吧！

遊看，是很耗精神的。我的方法是，泛看。

不太當這「看」是多麼要緊的一回事。只有這招，才不會過累。

就像神保町的書店，原則上不進。如不小心眞闖進去了，只能教自己淺看，看五分鐘，出來，設法找外景看。

千馱木站下，是爲了走團子坂。這種坡路最有豐富地景。當然也爲了舊安田楠雄邸庭園。但只開周三和周六。我今天是周日。可惜不能進。只好去須藤公園。哇，更棒。是附近山坡中的一處凹窪窪，剛好造景成此美妙的小公園。這在全世界中這樣的公園都是極珍之物。可惜沒帶橘子，否則在此吃，耳聽著孩童玩嬉之聲，其不甚妙。

4 路口的地圖最有用

有些交叉路口有大型地圖，最有用。

其實你盯著看幾分鐘，把相關的三、五個景點牢記在心，於此開始去走，最有收穫。一來不用取自己的書來看（拿出拿進，很干擾），二來將注意力放在路上的實景，三來有些你沒在地圖上注意到的，突然很驚喜的出現在你眼前，更爽。

十、銀座的遊法

我在銀座，幾乎都在走路。　乃銀座教我最生出興味的東西，都在路上。　常從一丁目走到八丁目。

銀座當然有好的餐廳，然我進的不多。銀座當然更有好的百貨公司、好的名品店，我進的也不多。但我在它們面前來來回回經過太多次，乃它們太好看了，太炫了，我這裏看過去、又那裏看過來，眞是驚嘆，眞是眼睛的享受，但竟然都忘了進去。　可見我多麼的愛看。尤其是看外觀。

愛馬仕、香奈兒、卡地亞、阿瑪尼、太多太多，列在銀座的馬路上，我相信它們都希望客人走進去；但如果眞沒法進得成，那也一定要一眼就看到我！

我絕對認爲它們是如此想！　認我的名字、認我這個牌子，本身已太重要了！

而有著鐘塔的「和光」更不用說了。

銀座的棋盤式街道，十分經典，且寬窄極爲剛好，並且稱不上有什麼動線云云的步行法。也就是說，我幾乎是橫的豎的每一條都必須走到似的去遊看，否則必然有錯過的三、五條。　這麼一來，走路必然太多也。　也於是，怎麼捨得把這個「步力」消使在那些豐富的大樓裏？

尤其是三十年代的古典大樓，像比較偏東的奧野大樓、鈴木大樓，到比較偏西的交詢大樓、丸嘉大樓、電通大樓等，框出了我的觀賞路線。

還在使用的奧野大樓。許多小的空間被開成畫廊。

三十年代的建築，對一個在戰後出生、又在台灣這麼年輕小島出生、的我而言，是相當珍貴的眼見之物。　五、六十年代的建築物，更珍貴。四、五十年代美國本土的建築很豐富（乃他們沒受過大戰之害），而在日本，正在戰後的恢復時期，很少有建築（一九五一坂倉準三設計的「東京日法學院」於是特別珍貴）。但六十年代，他們努力振興，故優秀建築已浮出，這時期的台灣，四九年急著撤退的中華民國，也很難言及「建築」「建設」，於是我做爲那時代的小孩，後日當然很渴望在別的地方補看到。如今到了東京，怎能不狂看？

銀座只是好例子。東京太多美妙的地方充滿了如此多的好設計，表參道啦，六本木啦，甚至神樂坂啦，原本我很樂意睜大眼睛看，細看，或設法鑽研它；但經過歲月，我發現還是別太盯著看，是最眞實的。　也就是，泛看。

東京日法學院：東京都新宿区市谷船河原町15。

坂倉準三設計的東京日法學院。1951年，戰後最艱困的年代，此時期的建築最珍貴。

甚至很多美的設計，索性就不看！

因爲你看了，反而是沒看。

終於，那些會入你眼的，是與你最有緣分的。就像滿漢全席上的一兩百道菜，你會夾進盤子的，或等下吃完記得的，或許只是七、八樣而已。

其他的，無緣也。

銀座的美觀建築，我要使上很多的目力來投放其上。這種趣味甚是不錯，但會不會我乾脆就斷了走進去的念頭？伊東豐雄設計的Mikimoto Ginza 2與青木淳設計的Louis Vuitton，那種巧奪天工的牆面，怎麼會拼貼得如此精美？再像是倫佐．皮亞諾（Renzo Piano）設計的愛馬仕、光井純設計的De Beers大樓，隈研吾的Tiffany & Co.、日建設計的Yamaha Ginza、甚至Amano Design Office設計的Dear Ginza等，都太炫了，我抬頭仰望就興味十足矣，並且鑽研滿足矣，而這些只是張望而已，我所謂的「看」，還不是「拜訪」。

然而張望了幾十分鐘，也眞該登門入室一下。我通常都是選一家文具店進去，像中央通上的Itoya，或是花椿通上的「月光莊」。當然也是淺逛。

再來，就是歇腳了。這是喝咖啡最好的時機了。靠近八丁目的Café Paulista與琥珀咖啡兩家老店，是最容易想到的。而這裏，常是細看了較爲古典的銀座電通大樓、丸嘉大樓、交詢大樓之後（或之前）所好好坐下喝東西的最好時段。

Café Paulista：東京都中央区銀座8－9－16長崎センタービル1F。

琥珀咖啡：東京都中央区銀座8－10－15 SBM BLDG 1F。

這附近據說曾有一家銀座最古老的酒吧，稱「波爾多吧」，建於一九二七年，早年像永井荷風、白洲次郎等會坐飲於此。可惜我無緣考察。菊竹清訓一九八七年設計的西洋銀座酒店，據說是最精緻典雅的中型旅館，我也沒看過。黑川紀章一九七二年設計的「中銀大樓」，當年將預鑄的一百四十個小房間疊組在一起，成爲「代謝主義建築」的代表作，也早已準備拆除，僅能遠望憑弔也。

銀座其實也不小。有時我把在西面的遊看，會索性加上「泰明小學校」，再向西往日比谷公園而去（也包括看一眼日生劇場、帝國大飯店等）。

若在東面，往往看了鈴木大樓，再向東多走幾步，去看「築地菊榮大樓」，也就是松竹電影舊址（可惜也拆了）。這麼一來，往往就在築地吃東西歇腳了。

十一、東京高樓之特有趣味

東京的建築，若是先擬好路線，按圖索驥，往往到了面前，發現並不特別；此種情況常有。

有時還不如信步由之，結果無意間撞上一幢樓房，看在眼裏，眞是不錯。左眺右看，心想，或許不是等閒之作，遂低頭一查，果然。

哪怕，它叫做「日本工業倶樂部會館」，設計者是「三菱地所」。

國會議事堂，也是會教你駐足一看的建築物，但它的設計者，是「大藏省議院建設局」。

白金台的「東京大學醫科學研究院」，一看就注意上了，一查，果然是內田祥三設計。

新宿的「伊勢丹」總店，站著一看，也很想知道「誰設計的？」原來是「清水組」。日本橋的「高島屋」，也算經典設計的老百貨公司，一查，村野藤吾。

萊特設計的自由學園明日館，如此有名，便去一看。到了近處，竟對巷子口的「婦人之友社」等小型建築甚感趣味。或許是此區的寧靜氣氛嗎？

東京的高樓太多又太密，於是當人走進了谷根千的傳統巷道內，走進了麻布十番的窪窪裏，走進了雜司谷的山坡崖谷，看到了無數的老民家、舊日町家、大戶庭園人家與各個時期的木造建築，哇，這一下子太興奮了！怎麼東京也有很多像京都這種古城的建築呢？我一直以爲東京是高樓的世界首都啊！

這種二樓半的「町家」房子，搞不好很珍貴了。

地下鐵出口的哈利波特主題空間。

東京的老巷弄與其間的老房子，完全是許多發燒友來東京很愛細探的目標，但東京的高樓是欣賞這個城市相當值得注意的一個部分。

我們有時從地下鐵出來，竟然進入某個未來式建築裏的廣場，然後從這廣場想辦法繞出去。這當兒，如同是大人版的兒童迷宮，你雖然只轉個幾分鐘，就又出去了。這些建築，常在近二十年迸的一下跳了出來，教你無法預料。它們是城市的太多邊邊角角上特別用巧思再加搭建的龐然大物。如果完全沒有它們，那東京若能維持還在大正年間的天際線，那會是某種了不起的世界遺產！但不可能。他必然會一直建下去，並且向上疊。可是你若在高山市玩了幾天，看了整條街都是老屋，地下鐵有個好幾天都沒坐了，這一當兒回到東京，從地下鐵站鑽出來，抬頭都是樓，哇，這一刻，你就知道東京和太多城市在建築上的極大極大不同了。

我也是一個不怎麼需要摩天大樓、不怎麼樂意坐太多地下鐵的那種人。但我來東京，哪怕我教自己別趕搭太多地下鐵，別太只往高樓群中穿梭，我仍是抓住機會觀察這些高樓與城市廣場規劃等的建築來由。虎之門山丘的高樓，我出了地鐵站，就自然往那兒移動。我其實想去看被它遮住的愛宕山，但這座樓的進口階梯及它的大廳，我頓時就盯著看了！結果索性登上二或三

東京的高樓是欣賞這個城市相當值得注意的一個部分。

樓的餐廳，吃一客十二點半還能坐得進去的中午豬排飯定食。　六本木的那幾幢超高樓，我也很樂意環繞著它們細審。但不怎麼特別想進去。新宿的那些都廳廳舍，也高極了，也似乎功能豐富，但就是教我很想遠遠欣賞！

高樓的獨幢美感，或許不怎麼震撼人心，但它的在城市某一角之放置，是經過了多少的考量和規劃，又要做出極大的犧牲，才是它的有意思點。往往觀看這種「它在城市何以落腳」，比看辰野金吾太多經典建築物的牆面或柱頂的雕琢還令人心動。

這些建築，或說這些迷宮式的穿梭通道，並同二十年代以來的地下鐵建設下的地底「密道」，在手塚治虫等人的心靈與成長後的想像施展，是何等美妙又神奇的模型素材啊！

幾十年前像是按自己意思建出來的花園洋樓，人在巷弄中窺見，會猜想是東京最珍貴的住家。

可能也是主人自己心意下的清水模建築。

十二、東京的吃

我在東京花最少力氣的，是吃。

不惟花極少的時間吃午飯晚飯，更花極少的心思尋找高明餐館！

爲什麼？

乃尋找餐館，概分二種。有人在資料上找，有人在馬路上找。我呢，自詡是老年代人，故大都在路上找。

於是人問了：東京如此大，怎麼能在路上找呢？問得好。當然大而寬闊的地方頗適合從資訊中查尋，再鎖定幾家。這如同是洛杉磯式的那種「遼闊版」的找店法（這一家好店與那一家好店隔了幾十公里）。然我用的是「北港式」的「古鎮版」；也就是說，我若去北港遊，找東西吃必是東走西走，見一家不錯，便進門去吃的這種方法。乃古鎮不大，我本來就想走他個十幾條阡陌，在行走時看到的好店，本來才會是我想進去受他款待、嘗嘗他手藝的地方，怎麼會從資訊中得出的一家店就直奔它座落處、而其他北港街巷也不進了、鑲嵌在這一角、在那一角的店也不審看了呢？

我當然不會如此。這太像聽了媒妁之言你就去結婚一樣！

也就是，東京即使大，它的各區完全可以用「北港古鎮式」的行走目測法來把你要吃的店找到。

當然，小野二郎的壽司店或許不能用此法找到。但看你自己是不是那種非要吃到那最受舉世讚譽的店的遊東京者。

以下幾店，是這幾個月我吃過還記得的店。多年前吃過又忘了的，只好不寫了。

赤坂。某天中午，我們（我、我姊姊、內子）沿著一條街找館子，和式的、洋式的、鰻魚的……門口張望，甚至下到地下一層看他的門口，皆不滿意，後來見「敍敍苑游玄亭」，是燒肉，看定食價格，二千多円，三人一想，說：「那就這家吧。」便上二樓，被引入坐下。才發現，人不多。只兩桌坐了人。我們三人選了一份A、兩份B，沒想到一吃，哇，眞滿意！

澀谷。某天中午看過了忠犬八公像，也跨過了最大人潮的十字路口，也

敍敍苑游玄亭（赤坂）：東京都港区赤坂3－11－3赤坂中川ビルB1・1F。

從Shibuya 109大樓旁的階梯登高，想跨過道玄坂去到「文化村」窺一窺（乃它是三十年前我參加東京影展的觀影場所）它的近貌，或也可吃飯。沒想到過了稻荷神社，向西北，見一小店，在二樓，叫「肴とり」，晚上是居酒屋，而中午賣的是定食，甚廉，我們便坐進去，哇，頗滿，點了「魚三味定食」、「魚選定食」、「肴とり丼」，再加二杯生啤酒，才三千五百円。吃完，才發現「文化村」和松濤美術館皆沒開，反而意外的發現了「鍋島松濤公園」。

這家「肴とり」算不算美食，我不敢強調。但我們吃得頗滿意。倒不只是便宜，是它的突然出現在我們面前而我們稍作目測便決定進去的某種「偶遇之樂」。乃東京很容易得到這種好偶遇，我人何不好好珍惜。

銀座。在愛馬仕的那條巷子（似乎叫Sony Street）見人在排隊，一想，

肴とり：東京都渋谷区円山町1-3猪鼻ビル2F。

中野區一家在門口張望就讓人很想進去的、老夫婦帶一個壯丁、的家庭式中午定食小店「立浪」。

立浪：東京都中野区中野2－13－24コウヘイビル1F。

必是好的午飯館子。稍看，果然像。叫「八代目儀兵衛」。它另有一小招牌，叫「銀座米料亭」，意思是，用極優質之米。

所以我的心得是，任何一個經典的區塊，你原是去細看你想了很久的「佳景」或「亮點」，不妨在早上十一點逛，而在十一點四十分見人排隊，便可湊近身去細細張望，特別是salary man在排隊的，更有可能是價廉物美的。哪怕像銀座如此高檔的區域，細窄小巷中的矮房子（像四、五樓高的獨棟者，最有可能被拿來開館子），很容易找到教你驚喜之店。

我在人形町常去的「魚也」（請參考〈日本吃札記〉一文），也是中午速簡和食好例子。至於在根津地鐵站對面巷弄的「珈琲館」，我老姊經過時發現，吃了他的三明治與咖啡組合，甚滿意。不久我和內子也去吃了，確實好吃，又像附近社區百姓素日皆吃之食。後來我去了三次。

八代目儀兵衛：東京都中央区銀座5－4－15エフローレ銀座1F。

另外，我也去過南青山的L'AS以及荻窪的Iriguchi。是經過朋友介紹的，前者是西餐，後者是和食，皆非常好。我皆造訪過不止一次。

這兩家比我前說的店都更完備豐富，但都得特別跑去，不是那種你在遊逛時乍然遇見的店。怎麼說呢？少了那種偶遇的驚喜。

L'AS：東京都港区南青山4－16－3南青山コトリビル1F。

十三、東京的西郊——荻窪

要認識一個城市，有時除了看老城區、除了看市中心，也不妨看看它的郊區。這種「跳出來看」，往往可以更懂得這個城市。

就像紐約，除了看曼哈頓這個城市的核心，也值得看皇后區、布魯克林區等地。又像上海，原本的老城區，其實很小，是城隍廟、豫園一帶，也就是如今的「老西門」。接著再擴展，所以外灘、人民廣場、虹口、徐家匯等全算是「市區」了。但這時的虹橋仍是郊區，浦東更是郊區，龍華也更是郊區。上世紀九十年代初，去這幾個郊區逛看，眞是很能映照市中心的不同與相同，特別有意思。

台北市，也有郊區。五十年代我出生時，信義路與新生南路相交處，它以東，便有郊意。北面的士林，叫士林鎮；南面的永和、新店，叫永和鎮、新店鎮。到永和、士林，是看二輪電影。尤其永和還能打彈子（撞球）。去新店，則是在碧潭划船。

今天要講東京的郊區，特別是西郊的荻窪。

上世紀二十年代發生了關東大地震後，於是「向外遷徙」的念頭萌生了。而西面的郊外是一個很重要的考量。荻窪是好幾個西郊中恰好被建設得比較文雅卻不怎麼突出的地區，又在七、八十年代被更西的吉祥寺先領了一些商業化、娛樂化的風騷，遂造成近十多年的荻窪反而像隱藏的珍珠，成了文青們讚賞有加的郊外遊逛佳地。

我去荻窪，有好幾個理由。最淺的，如果我恰好在新宿車站，正愁找不到東西吃，或許就坐JR中央線，沒幾分鐘就來到荻窪，馬上就可以吃上價格廉宜而烹製精良的飯菜。另外，尋幽探勝也是來此的原因。主要看它的村鎭佈局，尤其是「大田黑公園」和「荻外莊公園」這兩處名人故居。在大正末期、昭和初期逐步開發的荻窪，成爲優良的郊外別墅住宅區，故當時有「西鎌倉，東荻窪」這樣的美稱。

最重要的，是爲了一種叫做「郊外感」的東西。

我玩東京，有很大一部分是探賞郊外。

郊外的火車站，郊外的下車後往家方向行走的那種情境，太多太多。頗類似松本清張小說中想要窺看捕捉的意象。

我想看的，很多是這些。

荻窪更好的，有一條不錯的河，善福寺川。很少人到這條河來觀光的，但我出門遊覽城市，常常在觀賞河。

能開設有機蔬果店，足見這種郊區小鎮早很優質。

沿著東吾橋與荻野橋附近的善福寺川散步，能看到五十年前城中心目黑川原本有而如今已無的「東京河景」。

除了這些，荻窪

的文氣通景，像新舊書店，像有機蔬果店，像咖啡館（這方面，西荻窪站更豐），也很溫暖來客的心。

至於吃，有人說這裏也是寶地。它曾經是拉麵的大本營，老鋪、名店頗不少。只是我不怎麼吃拉麵，猶未考察。

但它的和式料理、洋食等，極有可爲。乃年輕廚師來此創業，常常做得比城裏的貴店更用心、更下工夫。我個人吃得最滿意的一家和食，叫Iriguchi，從最先上的生魚片，到炸物，到炒菜，到湯，都很有架勢，也中規中矩，好吃且便宜。清酒與葡萄酒也恰恰好。往廚房一望，原來廚師是年輕人，難怪。須知，好的料理，是體力活。尤其是一早到魚市場去選魚，必須親力親爲。

Iriguchi：東京都杉並区上萩1－4－4。

當然我去荻窪，還爲了一件事，就是住日本傳統旅館。這裏的「旅館西郊」，已有八十多年歷史，廁所、浴室皆在房間外的甬道底，極有老年代的情味，人在這裏下榻一兩晚，就是跟木頭、榻榻米好好的親近，也是旅途中很美的經驗。

有時在此下榻一兩晚，是爲了更從容的看一下武藏小金井站北面的「江戶東京建築園」，或至高尾山腳洗一個慢條斯理的溫泉。而教自己有更多、更充分的理由。

旅館西郊：東京都杉並区荻窪3-38-9。

十四、札記

1 東京大學的眼緣

本鄉三丁目站下車，走不遠，就是東京大學。校園稍走，一幢一幢好看的建築浮現。天色漸黑，有些樓的線條及窗中透出的燈光，簡直像是極古典莊嚴的樓舍之美景。特別是綜合圖書館，太豐華了。

不知道別的大學它們的校園佈局是否也像東大這麼工整中又見嚴謹且不遠處有小林子（樹後似有溪水聲）？或許也有。但我懷疑東京大學的建築物之佈列與地景相融，是我個人最感欣賞的。

地景與人，也是講緣分的。

過了兩天，我又去了東京大學，這次是天一亮。還是由南邊的門進去。

醫學部第一館等建築，那種褐黃色的磚，其上燒製時特別浮出的麻點，與溝槽，在砌疊時呈現的厚樸感之花案，實在太棒了！唉，我看這種設計，最是太合眼緣了。

這次我特別往三四郎池去一探，走近，是小坡，稍爬，早上七點多，空無一人。這也是極好的園林，簡略、大方、荒疏，也極有美韻，不是什麼粗獷之美。大樹、大石、坡道，全部都是那麼好………多少的名園，多少的名庭，何曾贏過它呢？

2 眼緣下的井之頭公園

井之頭公園北面外的Chai Break是喝紅茶的店，一進門就聞到濃香的紅茶味。有時想剛才說的緣分一事。會不會平素不喝紅茶的人，一聞到紅茶香，這一刻想：莫非自今天起紅茶才是我該一逕喝下去的茶？

並且你還不是到了英國、到了斯里蘭卡才生出這念頭、反倒是在日本興起的這念頭的！

這種緣分觀，我自己常在日本會生出。就說日本綠茶，我如今愈來愈喜歡，或許便是。日本綠茶，不是圖口味之細緻深邃，是圖簡單與清澈口齒之養生功效。

Chai Break：東京都武蔵野市御殿山1－3－2。

Chai Break我會看到，不見得是緣分，是它的門面的氣質。　一個早上你哪怕遊經了七、八十間店的門外，你會注意看的，是那種會教你心生好奇、好奇「裏面的人在幽幽的享受什麼美妙事物」？　他必須設計出一種門與窗、光與色澤…………教你一眼就凝視到它，接著想走近一探、想他是賣什麼、是咖啡嗎？我進得去嗎？…………

Chai Break就做到了。他的設計是我一早又遊公園、又稍逛店街裏面，最吸引到我目光的一家。

更有可能的，是它所在的街道，也是吉祥寺這一市鎮中最好看的通往井之頭公園的一條小街。　並且是微有彎斜的坡道。　這種天成的地景，最珍貴。

3 白洲次郎與白洲正子的武相莊

到武相莊，路頗遠。先至下北澤站，轉小田原線至新百合之丘，再換車，坐二站，至鶴川。轉乘巴士「鶴13」，亦二站，至平和台入口，走沒幾步，便是。

舊白洲邸在一山坡上。進門便極有味道，有一車房模樣的棚子，停了一輛一九一六年的黑色的Fleetwood的Paige汽車。啟動要有人在車頭前搖桿柄的那種。

在等入座吃午餐前（先登記姓名），便上一梯進入Play Fast木造酒吧，牆上是次郎和正子的大照片。

任何房子，皆是主人使用後產生的氣質或說「調調」。他們雖是明治

武相莊的車房。

武相莊的茅草屋頂，使它頓時多了村居的野趣。

末年出生的人，但太也現代，所以住家必然呈現「不必全是數寄屋」的形樣。

當然，要在日本造出跨越數寄屋的房子又能保有住數寄屋的那種舒服甚至婉約，是要有一種定見的。我一直在找這種想法下的家屋。此次來武相莊，也是帶著這個念頭來的。

一九四二年購入此屋，因爲是古代武藏的相模國，所以叫武相莊。這三字是風見章的書法，他是近衛內閣司法大臣。

4 鬼子母神堂

鬼子母神堂，建築經典。尤以站在庭院裏傍著六百年老的公孫樹（銀杏）

張望，最是壯觀。它向東走三、四百公尺的雜司谷靈園，據說不少文人的墓在此，像小泉八雲、夏目漱石、泉鏡花、永井荷風、竹久夢二等。演員大川橋藏也葬於此。

更東不遠處的護國寺，其殿後的墓地，也葬了不少名人，像山縣有朋、大隈重信等。這裏有一種舊區的靜慢。

日本的寺院，有一種黑色系的設計上之籠罩。它既肅穆卻又陰森。於我，怎麼說呢，有一襲自幼時就熟識的鄉愁感。很多時候我都已忘了；但今日一看到鬼子母神堂，以及它的院子，我馬上覺得：哇，我小時就認得！

輯二　我看日本

十五、日本高明之教人服氣

日本的菜刀，早就是人們欣賞的用具。我們台灣人從很早吃日本料理，早就看多了這個刀的工藝，早在心目中留下崇高的地位。那時還不知道柳宗悅提倡的「民藝」。

至若日本的竹藝、編織、掃帚、毛刷等，固也保存用心，華人這類工藝亦多有高明者，甚至菲律賓等的竹屋編搭工藝，更有日本亦不能超越之高手。

但說到切魚的刀，西洋的鋼鐵強國，如德國、如瑞典、也多製刀，也販售全球，但與日本的魚刀一比，則馬上見出：日本所製既是工業又是藝術。甚至壓根就是，道。

版畫，各國皆有。而日本的「浮世繪」，能在線條的突顯化、景深的立體化、與選題的特寫化（尤其是波濤、浪花）…………領先各國當年的現代藝術。這是日本藝術家在時代的推進之中極早看到藝術求新的可能性！也是循著此種美感思維之後幾十年，漫畫之萌芽與電影之萌芽也受到極佳的啟發！

十六、日本的高手，早見出他們超越歐美先進大師的地方

黑澤明何等的欣賞拍西部片的大師約翰．福特（John Ford），又何等的知道西洋的電影大師或藝術巨匠之高明；然他自己在影像上的孤詣獨創，那種景物與人物在畫面裏的移動、光影、豐富多變。其實他早自知「我這幾招比那些西方大師也不遑多讓」！

谷崎潤一郎說到日本女人的美，會說到脖子後方頭髮撩起束紮後呈現的那種角度。

谷崎的審美，遍佈在很多地方。各方面皆由與西洋相比較後所愈發顯出

來的那一種自信。

也就是說，原本看著西洋，不免自卑；當再細思，我們日本何曾差了？這又是極珍貴的「審美之開端」了。

北大路魯山人說到日本的吃，不論在呈現上、在食物滋味上，早就是極度自信了。他說將來全世界都愛吃日本生魚片的時代，一定會來臨。

他說的，眞實現了。

十七、探究本質不避赤裸的大膽鑽研

日本人有一種探掘本質的研究心。有時甚至到了解剖的赤裸程度。這就是為什麼他們是發明「免治馬桶」的民族。人人知道肛門需要注意清潔，西方人亦相當懂「內部拆解」之必要，亦原本就是解剖的早先實施的先進者，然卻只有日本人索性把沖洗肛門的馬桶常態式的發明出來。

日本太多的隨筆家，寫東西時把〈論放屁〉之類題材寫在文章裏，可見他們在生活中有很多大膽的格致習慣。台灣旅日的醫生及養生家莊淑旂，她最強調人不可令肚子有脹氣。你看，多少的中醫亦知腸胃之重要，但也只有莊醫師直接往脹氣上述說。這就是日本的某種探究核心而形成的膽識。

日本的養生健康書，台灣很愛翻譯，他們有不少中醫早備的固有見解，但他們更傾向於「一語中的」、更富創見的觀察。

這就是我常說的「現代化」，我常說的「與時俱進」。

十八、日本人最懂（惜）自然

小時候看日本劍道片，奇怪，就覺得他們的武士很能徜徉在天地之間。樹林裏、山道上、溪谷旁、木橋上……多見他們的身影。

路旁的樹下，可以安坐。電影中武士在溪邊打了水便搭起樹枝生火燒飯。中國武俠片，只見武人進客棧、酒樓吃飯。這是爲什麼？乃日本留住野地、安享野地，中國則安於窩在有頂的室內。

於是日本每個村鎮都弄得不大。村與村之間，鎮與鎮之間，則是那些不易剷平、不易打通也不應胡亂下手的山陵、森林、海岬、溪谷等。這是何等的智慧，又是何等的勤奮！

像富山灣的七尾，向南往冰見，期間經過的小村小聚落，如大境、小境、藪田、山杉、阿尾等，都是在海邊不遠的山谷裏一寸一寸的開墾出來的，都像是桃花源，但也是何等的在艱辛中留存自然。

這種山凹凹裏的小村，很不易開墾，也很不易謀生，但一旦開始耕作，一百多年後，它不但已能自己自足，卻仍不至過度開發，既有了山腰的幾株參天大樹，伴隨著各處稀稀疏疏的紅葉與燦爛的野花，與幾十戶木屋人家，我偶而遊經，看在眼裏，何止是心曠神怡！

中國的江西婺源，充滿了好山好水，極多的山村也在山凹凹裏，也是世外桃源，但旁邊的鄉鎮（如紫陽鎮）如果「小區化」了，也就是廣建高樓的住宅區，則其他這些荒僻村落竟至有點無精打采，甚至自暴自棄起來。至於哪怕是徽派的高牆大屋建築，入內一看，昔年雖有雕梁畫棟，今日既不能一塵不染，同時吃飯睡覺的空間也不算舒服。更別說客廳這空間的不知所云。

日本的偏鄉遠鎮，雖不興旺熱鬧，卻往往有鐵路可通。這是日本旅行最美之處。也是一百多年來日本矢意開發這個山多水複島國的極了不起高招。既然能滑行著遊覽，而速度又未必慢，所見皆是極其真切之景與物。

正因有細膩而密織的鐵路網，吾人今日遊賞日本方得有左右逢源、無處不能抵達之樂趣。

十九、日本對心儀事物之全心投入，往往到了瘋狂的荒謬程度

原田芳雄五十多歲某一次生日，在他自己家唱日文版的A Whiter Shade of Pale，是我聽過這首歌被唱得最好的一個版本。　原田的時代，是英美搖滾樂進到日本的極好的年代。　當然，日本對英美流行歌之迷戀與死忠，有時予人（尤其我們同在東亞的台灣人）竟然覺得有些荒唐可笑的感覺。甚至覺得他們會不會太輕骨頭了些呢？先說村上春樹在小說裏一而再再而三的談他愛的搖滾樂就已教我們讀在眼裏有一點覺得他也太輕浮了吧，更別說星期日我們在原宿看到日本年輕人打扮成貓王的飛機頭穿著尖頭皮鞋又跳又唱的在唱Blue Suede Shoes等歌的那種完全要模仿成一模一樣的那股執著與專注，

簡直太了不起也！

我當時卽浮出一個念頭：「日本這民族，太『純』了啊！」

二十、單一民族，又沒受外族殖民或融合的孤高自閉世外桃源

由於日本是一個單一民族形成的國家，傳統上不太有外在勢力的參入，自然化成它的保守、自省、與凡事考慮別人觀感的類似「體貼文化」。

這種孤立、封閉的生活方式弄了幾千年，其中在千年前自唐朝學習了不少東西，幾百年前又和西方有了交流，但它都還是自己孤閉的潛心演練與鍛造出它獨絕的高妙！此種高妙，包括機械之精良（火車引擎之佳、速度之快、聲音又小、鐵皮內裝之細緻。汽車引擎之絕好、之幾乎不需要修、大小之聰明好用。百年前的牙醫機具之精密好使。本田機車之靈巧與堅固耐

用……），包括手工藝之出色（木工之無所不在的好、房子、門窗、家具……武士刀、魚刀之鋒利並好看………）更包括電車的守時、餐館前的菜色標價、服務的無微不至、小旅館中各物皆細備的天地盡收在方寸中、由它的各行各業之收納技術等精神層面的達臻盡善盡美，就給人一種想法：我們來日本，像是每個人偷偷來到這個塵封已久的祕境一般的欣喜若狂！

哪怕它是多麼的先進，多麼的走在全世界的最前端，多麼的像一個未來的太空式國度，多麼的充滿了西方各國的人眾………但它竟然還像是與世隔絕、只有你尋幽探勝、一步步悄悄的發現出來的桃花源！

這是日本最了不起又獨絕的祕密。

單一民族，又從未與外族融合，又從未像其他亞洲國家之被西方殖民，遂形成它的孤立封閉的「本鄉本土感」。這包括講話中只習於講自己國家的日語（哪怕你是外國人，和他說外國話，他依然呱拉呱啦跟你說日本話像是不知道日本以外還有別國似的），學講英語總講成日本發音的英語。並且，多半的受過知識之人仍不太習慣和人說英語。乃他的「本鄉」習尚太根深柢固也。

此種幽閉式的本鄉感，如又受襲於儒家倫理文化，則日本電影中古代婦女之「守貞」「自盡」等劇情哪怕看在我國人的眼裏竟還是極感到震驚欽佩不已。

1 匠人的天堂

日本人勤於動手。身邊的事物，很傾向自己下手搞定。即使他們早就工業化、早就器械完備，卻手工一點都不丟失。

日本的手藝，自古就受尊重。所以哪怕是製作機械，像本田五十的摩托車，也見出精湛的手工藝。　尤其是以農以漁以森林立國的百姓生活方式，更是隨時要動手製器了。許多藝品的作者，只是百姓，從來都不是名家。且說一樣，他們稱「荒物」（Aramono），便是極尋常極家鄙的但又極必需的打掃用具、廚房用具、過日子手邊隨時操使之器具，如草編的「釜敷」（鍋墊）、竹籃、鋁皮畚箕……這是日本一直保有又愈來愈受重視的工藝文化。而這些高手甚多，卻完全不知是何人，也不是出自名家之手。就像武士刀的鑄劍師，千年來亦有不少名家，但更多的，是無名打刀人。那些草鞋啦、團扇啦、棕刷啦、鐵鉤啦、掃帚啦，做得精美極了，但沒一樣有提到作者。

更別說日本的切魚刀了。這種刀，多不勝數，每天有幾百萬人在不同地方操使著它，它的木柄削成邊角的美學工藝，眞是獨絕啊！但從沒提到是誰做的。

日本人固然也愛西洋的名牌手提包，並且愛得比台灣人早，但他們太多小店裏放了太多太多自己本國人手作的手提包，並且設計極有巧思，手工也細緻得不得了。台灣店裏這樣的包包，少也。

手藝人爲什麼那麼多、那麼普遍？

在古代，因爲有手藝就有飯吃。因爲有手藝就能致富。因爲有手藝，你就是你自己的天王老子，不必再像古代武士必須爲主子效命，你如今可以爲自己效命。

人爲了改善生計、爲了賺錢，才會爲自己去發展身手。故日本人是每一個個體對他自己的營生負責。他是做蛋糕的，蛋糕能賺錢，他就一直往下做。他是做陶藝的，陶藝能賺錢，他就精益求精。漫畫能發財，能成名，他就努力畫。整治庭園修剪松樹能教人賞心悅目、能成名賺錢，他就竭盡心思做到盡善盡美…………

只要你的技藝好，只要你的產品好，你就能在日本賺錢、贏得尊重。

於是「個人擁有」這觀念很強烈。「這是我的」、「這絕活是我獨有的」這類思想，瀰漫在整個日本社會。所以他們很鄙夷小偷。很不齒竊盜。

在日本，不怎麼有YouBike，他們騎自己的腳踏車。他們不共用。

日本人不太網購，他們實體購。所以他們的商店，人潮依然。付錢，都喜歡付現金。收錢，也喜歡收現金。

日本人愛「自擁」，不愛「共有」。

所以房子都最好是獨門獨戶。即使這是一個國土極小極小的國家。也於是透天厝是日本住家的基本風景。你去看，火車經過的小村小鎮，皆是一幢又一幢的獨門獨戶房子。只有大都市，不得已了，才形成公寓之住。

小，又要獨門獨戶，常常一層樓只有十坪出頭，且是蓋成二樓的。

人在小小家屋裏，自然發展出不敢多擺東西也不宜大手大腳、東碰西撞的生活哲學，也自然而然顯露出千利休式的茶室居家法。

此種地不夠大、但又要每人有自己擁有之空間，演變出日本人的「守分」——每個人必須有他的「社會遵守」，不能踰越。儒家說的「己所不欲，勿施於人」，日本人施行得最徹底。

2 荒物美學

這種用最容易取得的粗材，製成最不當一回事（甚至用壞也不怕）的器具，並且用破了、用舊了，棄之於草叢或土壤（便是肥料）裏或者當柴薪燒了（便是燃料），都視爲大地間理所當然之事的生活哲學，便是「荒物」美學。

荒視它，何嘗不是寶視它？

將最不昂貴的魚的邊肉切剔下來，細細剁成碎的生魚丁丁，拌在飯裏，最是美味。但何嘗不是吃食方面的「荒物」？

二十一、對照

人在日本，會看到很多對照。　像他們的襪子，會製得如此細心；你心中一直想找的一雙能把腳包得妥適、又透氣、又厚薄剛好、又防滑………在日本，它眞的有。可能還不是一種。並且，也不是昂貴物。不是貴族，也該穿上合腳的襪子。有時，還未必是日本製的，是德國製的。　但在日本，日本人才會選上它。

不少人來日本買東西，有一說法：「在日本哪怕買國際大品牌，如能買到『日本製』的，那就更要珍惜。」而日本自己很高明的產品外，如他還會選別國的（像前說的德國襪子），足見連日本人都佩服。

手袋，也是設計得每人有每人的巧思。君不見台灣人最愛日本各城鎮去逛市集，乃市集中老百姓的巧思做出的工藝用品，眞是令人叫絕。皮的袋子、帆布袋子、收放後可大可小的包，簡直應有盡有。邊材取來做成托盤、杯墊、cheese盤、小型花几等，總之木板的喜愛與不拋棄，也會化成佳物。

這一類物品，馬上教人生出對照心，我們的生活中有如此設想事情嗎？

他逼使你去對照，於是你看出差異。此種差異，得到了觀光之趣。

馬路的鋪法、大樓的建法、公園的設計法（沙地之鋪，基本上是爲了兒童，乃玩土玩沙、或跪地玩耍或跑跳跌撲，沙地全能派上用場啊）……很容易顯出與我們極大不同（多半時候領先我們多也）。

乃我們同是東方民族，很自然會看向它與我們既相似卻又不眞似的那種微妙對照！這與我們看法國德國的景物不同；法德之輝煌燦爛吾人亦震撼莫名，然不會再往下相較對照；而在日本所見，硬是不一樣，很細膩的往下探究，這就是對照的力道！又我們長相相近，在人群中，並不是異類，遂可以完全自在的窺看他們，亦可以完全不需有防備心的受他們觀看。此種自在，令吾等華人在東京有完全之放鬆，絕不同於在巴黎、倫敦、柏林的瞻前顧後、小心翼翼！

另外，便是某種我們一直想貼近的「古往今來之東方感」。這也只有日本最富於此節。像房屋的形制；單單屋瓦，便太有意思。日本人的瓦，和吾國不完全一樣；但已然很接近。如我們揣想唐瓦宋瓦明瓦，就會得出此感受。日本的巷弄，亦略有唐宋坊巷之意況。日本的門窗，則完全是東方模樣。和歐洲、非洲、中東、美洲皆極不同，卻和吾國甚近，卻又可能更近吾國古時之況也！而這些是我人觀光遊逛的外在環境，更別說招牌上的漢字無所不在，書店中直排字體的隨時寓目⋯⋯⋯⋯

二十二、日本菜與中國菜之不同

日本炸天婦羅，已至化境，但日本人不做炸春捲。炸的春捲，還有一妙處，便是可吃到內餡的溼潤。即以我家寧波式春捲言，餡是大白菜，可說是「爛糊肉絲」之餡，一口咬下，裏頭是一汪水。

春捲餡很多種，不少人愛用韭黃餡，也味美，只是比較不水。也有在薺菜產區以薺菜和以白絲豬油來做餡的，亦好吃，但也沒有水汁。

日本的雞肉菜裏，沒有我們的白斬雞。日本的炸雞，炸得極有方法，也因此各館子甚至各居酒屋皆能炸出好雞塊，以之下酒，一碟吃完還要再來一碟。

另外，日本的親子丼，雞肉也燒得好，成熟極了。雞肉切成塊，丟進味噌鍋裏，或丟進清酒鍋再擱大蔥，皆是日本常見的雞肉料理。而在火上烤雞軟骨、烤雞的各個部位，皆很豐富多食趣，但就是沒有白斬雞。照說白斬雞是最單純、最算得上極簡卻又最可能滋味雋永的料理，照說最符合日本人這種連木頭都不上漆國家做菜的理念，但奇怪，日本沒有。反而中國人很多地方皆有。

日本吃麵條，很普遍，但日本不怎麼吃包子。中國不管是大蒸籠裏蒸的大包子，或是小籠包，十分普遍。日本人到了中國，一定也樂意吃的，但日本自己國內，不大有人製來販售。若大城市如東京、大阪，雖也有店販售，算是「偶遇物」，鄉鎮是絕對見不著的。完全不似中國是鄉野百姓隨處有售之平常物也。更別說許多中國的早飯攤子，包子是主要早點。但日本的早飯，與中國各省之多元相較，完全不能同日而語啊。

另外，日本不怎麼吃餅。不管是台灣街頭的蔥油餅、山東各地的煎餅、北京天津的煎餅粿子，日本全沒有。

台灣豆漿店賣的蛋餅，日本也無。

裏了餡，貼在泥爐壁上去烤的燒餅，是我最喜歡的每日可吃之餅，就只是豬油跟蔥花，已是最美味道，但日本完全沒有。並且奇怪的，日本人來到台灣，指南書報導了很多的好食物，但像黃橋燒餅這種炭烤圓形只包豬油與蔥花的燒餅，幾乎不見到有報導。可見日本的旅遊書採訪者對燒餅、韭菜盒子、菜蟒、牛肉餡餅等食物不大有概念。亦同時可知日本自己在本國沒有此等食物也。

稀飯，也是中國食物一件要緊之品，日本即使是佳良米食之國，但不怎麼吃這樣東西。當然，稀飯在日本，是生病時才吃的。有點像專心養病、僅以易入喉之湯水般的糊兮兮之物來安胃寧神。做爲稀飯的功能，有點象徵之義，並不將之當美食或飽餐來看待，可以說是「藥的延伸品」。

而稀飯在中國人眼裏，太重要了。它既是在窮困時能保命的東西，又是早餐時刻人剛睡醒猶不能吃太豐盛油膩菜餚時的最沒負擔、最不抗拒之入口物。

尤其在窮鄉（像河南太多鄉鎮）的早上，一碗綠豆稀飯，比太多西洋的高級旅館所標榜的「全早餐」那些培根、那些蛋、那些可頌、那些火腿、那些土司……不知要「親人」多少倍呢！更別說如你前一晚喝了不少酒，那綠豆稀飯是最好的一早恩物。稀飯的佐菜，像冲菜（芥菜淺炒，放冷，封罐），像冷油條，像豆腐，像花生米，像蘿蔔乾炒蛋，像醬瓜，像雪裡紅，像涼拌萵筍，像肉鬆，像酸豇豆炒肉末…………太多太多，甚至可以是稀飯的清淡卻雋永的懷石席呢！

日本和中國一樣，也很愛豆腐。並且許多的傳統式豆腐作坊，仍保持老式廠房風味，人走經它，會聞到極清逸的香氣。五、六十年前台灣猶有此種景致，如今由於工業化，老式作坊不易見矣。豆皮，日本更珍視，尤其新鮮者，稱「生湯葉」，更是料理台上的佳物。

但日本不見豆乾，這是很有意思的。吾國的豆乾極多見，滷菜盤中最少不了它。而太多菜館的「炒豆乾絲」早已是名菜，像「六品小館」等。而奇怪，日本不見此物！

日本的清酒，很普遍，但日本菜裏不怎麼見到醉雞、糟雞、醉蝦、糟蝦這類小食物或冷菜。

日本雖吃醃漬的東西，但較傾向淺淺淡淡一醃即可，故日本不吃「臭物」，如中國的臭豆腐、臭冬瓜、臭莧菜（如寧波、紹興）、臭鱖魚（安徽）。

剛才說到白斬雞，日本沒有；其實像「道口烤雞」、「叫化雞」這類烤雞，日本也不來這一套。當然日本也沒有烤鴨（像北京烤鴨之類）。我沉吟良久，發現日本根本不做成「整隻」雞、鴨的做法。他必定會切割牠，再來對付這些塊、條、片等。這跟中國太不同也！尤其日本的烤雞肉串，將他要的各種不同部位皆切成很勻的等份，在極柔適的炭火上慢慢烤至最完美的狀態，可說已臻化境；但他絕不會整隻去烤。

我只能想，日本是最懂「解構」的民族。他要把最終要吃的形狀、物態等事，先想透徹，然後把烹調的爐火、烹調的滋味再考慮進去，最後將這道菜製作出來。

中國西北的烤全羊、或廣東的烤乳豬，日本當然也不這麼做。

日本的魚，也會解構。魚，是他們最精擅的食材，故鮪魚的各部位，他一取到手，就已把不同的美味等第，一一劃分完盡。你在壽司吧台吃的，早就是高下分列後的食材。

中國人飯桌上最喜帶頭帶尾的全魚。如果太小，便盤中多放兩尾。最好是一大尾，因爲最「好看」。

當然，中國菜喜歡全雞、全鴨、全魚、整隻蹄膀端上，或許和「上供桌」也有關係。也就是先請神明、祖先享用，故而食物宜保持全形完體，如此更敬也。

二十三、日本吃札記

1 好館子，要能坐得進去

日本遊，在中型的城鎮，沿著清麗的河川散步，哇，太教人欣喜了。更好是，在不大有人的季節，如降雪的嚴冬。

當然，極好的小館子也要找到幾家。能清清閒閒的吃上幾道恰如其分的不浮誇不虛飾的自江戶時代明治時代普通老百姓就吃的果腹之菜，也啜上幾口不怎麼有名但絕對說得過去的清酒。

這種事，在日本照說也不困難。但近年觀光客實在太多，終弄到要有些技巧才行！

太多中小型城鎮，不管是金澤、長野、高山、高岡、盛岡等，都有這樣的佳良又家庭感頗重的小館，不但值得你細細窺探、把它找出來，更要緊的，你要坐得進去！

並且，一次又一次的坐得進去。也就是，要取得他的信任！

到這時節，就樂趣橫生矣。幾乎可以像永井荷風或小津安二郎掀起布簾、他們看到後那麼樣的歡迎，就美妙了。

2 平民版中午和食，是日本吃神髓

日本吃的最個人化、最簡潔卻又完備、最稱現代化的常態之飯。這說的是中午快簡式和食之極度成熟，此爲日本吃飯最教我心動的遊看方式。

尤其有種店，是一家三口，老夫婦二人，再加一個壯丁（也可能是兒子）這種家庭店。乃這種店最珍貴。夫婦約七十六至八十歲，老先生負責端菜收桌子，老太太只管炸物（炸豬排與天婦羅），其餘下蕎麥麵、炒親子丼、裝成定食等，全是這個壯丁。於是這家店只售豬排丼（六五〇円）、親子丼，再加上天婦羅蕎麥麵或山菜蕎麥麵，也差不多六、七百円。如點豬排丼加蕎麥麵的混合定食，則每一樣皆稍微小份些，是九百円。這些皆是我說的「果腹之菜」，同時，出自家庭之手。也是我所謂的「珍貴」。乃再五年十年，也有可能因年歲更老邁而不做矣。

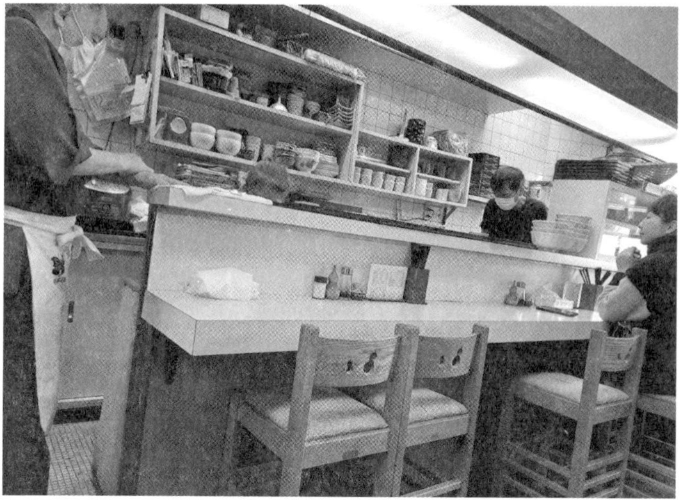

一家三口，二老一壯丁，會愈來愈是碩果僅存的鋪子。

人形町的看板建築，是找中午定食的好區塊。

在人形町，小街上走，見到一家店，門口的 menu 顯示價格便宜，拉開格子門，哇，吧台內好幾個人在忙…………一看店名，叫「魚也」。

「魚也」的中午定食，大約是九百円，我選了鮪魚中落的定食。將鮪魚骨邊切下的不規則魚片，擱一盤，另裝一碗白飯。再一碗味噌蔬菜（高麗菜）湯，一小碟的兩片燉瓜，再一小碟漬物。

這家店，不只是因爲便宜，更大的優點，是他有四個廚子在吧台後，有的烤秋刀魚，有的端刺身，有的打湯等（當然在更早的前置作業，必然每人有其忙碌的職司，如切魚、烤魚、燉湯……）。另有三個老婦人在外場端菜、收拾、算帳等。也就是，他們每天的作業量頗大。如果是冷清的店，則很可能客人進門，他們才開始從冰箱中取東西出來，再做成食物，這就不妙矣。

「鳥正」這樣的老先生老太太打理之店，在人形町不起眼的地方，是太多炫炫居酒屋做不出的老手味道。所以在老區找老式家庭小館，最是東京之樂。

鳥正：東京都中央区日本橋人形町1-16-4。

坐下吃了三分鐘，我心想，這應該就是《孤獨的美食家》會去找到、會去走進的館子！日本，其實就是各地皆充滿這樣平民版的眞正用心製出飯菜再讓顧客坐下好好吃飯的好店。

「魚也」，正確的講，應在蠣殼町。如今早是大樓林立，顯示早先這裏很大範圍或是沼澤荒草地。

人形町的許多有看板建築的矮房子的巷子，是找這種中午定食最好的地方。像Kikusui這種晚上是居酒屋的店，它中午的定食，所有皆一千円。最有意思。

不只是蠣殼町這種老町，新的區塊一樣豐富。只需留意大樓與大樓之間

Kikusui：東京都中央区日本橋人形町2－6－2。

中午一千円和食魚的定食料理店，最受我注意。

鮒よし：東京都中央区日本橋人形町1-16-1。

偶出現的二、三層樓半木造的「看板建築」，常是這類餐館的托身之地。

像大阪堂島的「愛志藏」(Ajikura) 也是。像橫濱的「日本大通站」B1的Sagano Ka Ichiban。

3 當下就吃的哲學

在日旅行，其中有一件相當教人快樂的事，便是很容易餓。

於是，我養成「隨時找到好吃的，就吃一點」的習慣。例如我每次在關西空港一下機，登上Haruka特快火車，一到京都火車站，便滑著行李先到伊勢丹地下樓的「雞三和」吃一碗親子丼，才往市區去下榻。

愛志藏：大阪府大阪市北区堂島1-1-20。

這碗親子丼，一來做得好（附湯的二顆雞肉丸子別處也不易吃到）。二來我整趟旅途不一定有另外親子丼的配額。三來在正餐前的青黃不接時分、又值下機前前後後幾小時沒舒舒服服的吃也沒輕輕鬆鬆的休息，何不趁此空檔先進一碗美味的療癒點心？四來過一下check in旅館後總是要找店去坐下吃晚餐並喝酒，但那還未必容易，搞不好還弄得半高不低的、甚至不怎麼滿意的，何不在此速速的吞進幾口活在當下的酣暢的飯，豈不才是最扎實的？

4 在日本，要設法吃得寬

要設法在此次旅程中定出七、八樣你想吃的東西。

比方說，一定希望吃一頓鰻魚飯。一定吃一或兩次燒肉。一定能吃到一頓炸得很好的豬排飯。一定能吃一或兩三次日本西洋式平民價格烤土司三明治（不管是夾蛋沙拉或是夾豬排，或是夾 ham and egg）帶咖啡的早餐（像「珈琲館」Kohikan）。一定要吃一盤咖哩飯或日本人精心做出的漢堡。當然一定要吃一次或兩次的生魚片或壽司。一定坐在很像樣吧台上吃一回道道地地的天婦羅……

學生來旅遊，想玩得極省極摳，每天只吃吉野家等連鎖店的丼飯或拉麵，也覺得好吃極了。事實上也是。並且便宜。如此一來，他的旅遊變得可以完全在吃飯上省下了心。於是反而可以好好玩了。

甚至沒有「吃的埋怨」，造成心情一直沒被弄壞。

當然，不能一直吃單品。像不能一直只吃壽司（雖然有的人會說「我可以每天吃壽司，眞的。」），不能一直只吃海鮮丼，不能一直只吃炸豬排，不能一直只吃「燒鳥」，不能一直只吃鰻魚飯，不能一直只吃天婦羅，不能一直只吃蕎麥麵……

就像不宜連續七、八天只一逕吃懷石料理，是一樣道理。

一定要吃些全面的食物，像有青菜、根莖、豆製品、魚蝦、豬肉牛肉、漬物等……哪怕做不出極有名目、極有古典格式的菜式。

這讓我想到了「惣菜」。事實上，鄉紳在家裏做的下飯家常菜，就是惣菜最高的境界。而米其林的日本菜指南如果開始懂得報導製惣菜的店家，那時，米其林或許就開始一窺堂奧了。

有時見一店家只製義大利麵，卻伴隨一盤極有巧思的沙拉前菜。這種店往往很值，乃他的沙拉設計太教你讚賞也。三、四種有特色的蔬菜葉子（往往還是有機），配幾顆白豆，半片火腿，幾小片特色起司，一小塊烤得極好的麵包。此種「甚有心意」的日本小餐館，最是普遍，也最值張開眼睛把它找出來！這是日本極了不得的享受！

5 無需頓頓進館子

在日本吃飯，有些要進館子吃，有些則適合在百貨公司地下樓買了帶走吃。

乃有些食物，如蟹肉蟹腿丼，在館子也不一定吃得到。另就是，天天進館子，也會疲乏。老實說，在館子裏，你還要應付堂倌、老闆等，也蠻累的。

再說百貨公司食物。金澤的近江町市場，照說海鮮極多極新鮮；但如我要吃壽司或蟹肉丼，會在它對面的「黑門小路」百貨或香林坊的大和百貨買，而不在近江町買。何也？我曾經在近江町的某一家壽司名店坐吧台吃過壽司，那是我吃過最沒有滋味的生魚的一頓午飯！

乃它的魚，太隨便了，甚至在冰箱放得太久了。

近江町市場，是觀光客去得太多的地方，而百貨公司，反而是本地人要去買東西的地方。我吃的壽司與蟹肉丼，打了折（已近傍晚六點），每盒才幾百円，又好吃又便宜，主要，又完成了一頓簡單輕鬆的晚飯。這才是最有價值的。

二十四、在日本與西洋相遇

十多年前，在日本東北地方旅遊，到了青森縣的弘前市，路上的房子很多像是二十世紀初美國建築師格林兄弟（Greene & Greene）或是萊特會設計出來的那種樣子。有一幢半西洋半和風的老建築，牆的下段是褐黃凹紋瓷磚，竟然開了一家中餐館，叫「翠明莊」。弘前，路上人很少，大家都開車，有點像美國小鎮。

在弘前玩，或許要享受它的冷清。

某日，走進「藤田紀念庭園」內的「大正浪漫喫茶室」，坐下來喝咖啡。喝著喝著，耳中傳來舒伯特的《鱒魚》這首古典音樂，這時剛走掉了兩桌中年

大正浪漫喫茶室：青森県弘前市大字上白銀町8－1。

大正浪漫喫茶室的紙巾設計。

弘前的方盒子房子，使我覺得像到了美國西部。

婦女，整個洋風的建築空間只有我一人，看著窗外的老庭園，聽著這首我從很小就聽的曲子，小提琴拉得委婉極了，鋼琴也清脆極了，這種在遠方北國乍然獲得的西洋熟悉，卻又經過另一層（如日本）的傳遞，最是教人泫然欲淚啊。

我華人亦醉心西洋文化，但到了東方另一個國家，見人家鐵道工業之極早引進與精鍊使成分秒不差之準時，鋼筋混凝土建築之奇形異狀卻又諸多新穎成熟，在某一剎那間竟然和幼年所知的西洋（像音樂）又不經意的邂逅，噫！這是何其飽滿美趣的享受！

李叔同的《送別》（長亭外，古道邊，芳草碧連天…………），我們小時聽來，以爲是中國老謠；其實日本歌也有此曲。或許李叔同是在日本時聽到的。但眞正的原曲是美國人約翰·奧德威（John P. Ordway）作的，叫《夢迴故里》（*Dreaming of Home and Mother*）。

貝聿銘設計的Miho美術館，雖說大夥遊京都時往往把它排進遊程裏，但它其實在滋賀縣，路程頗遠。二十多年前我們去時，先乘地下鐵東西線到山科；再轉火車至石山；到石山後，要轉乘巴士約一小時才抵Miho。一看巴士時刻，還要三、四十分鐘，於是在石山街上隨意走走，見一咖啡館，乾脆坐下喝一杯吧。沒想到這是一家滿滿架上美國「鄉村音樂」唱片的咖啡館。這簡直太棒了！吧台上的坐客、桌旁的客人，看來全是Country Music的喜好者。我們一邊喝這杯倉促的咖啡，一邊看著他換了兩三首鄉村曲子，感到石山這個「鄉村音樂小洞天」實在太奇絕美麗也。而日本，充滿著此等世外桃源。

在日本的咖啡館聽到西洋早受你睽違的名曲，這種例子眞是太多。有一次聽到一首很淒美的曲子，覺得似乎熟悉，一直想，一直想；哦，是了，是一九六〇年電影《陽光普照》(*Plein Soleil*)的主題曲，亞蘭・德倫(Alain

Delon）的名片。這首曲子在一九六〇年出現後，一直留存在太多影迷的腦海裏。而它的作曲者，是誰呢？絕對不會是等閒之人！因爲這曲子的魅力處，頗教人猜想：必定是一個大師。

結果一查，果然。是尼諾·羅塔（Nino Rota），也就是《教父》（*The Godfather*）的配樂。當《教父》的音樂舉世在播放時，《陽光普照》的主題曲，其實只比它早了十二年，竟然有點被遺忘了。

日本許多「有棚」的商店街（像京都的寺町通，像太多小城小鎮也有，像富山灣旁的冰見…………），往往會播放教人放鬆的音樂，其中不乏經典老電影的主題曲。有些音樂，你幾乎沒啥機會聽到，但又是你小時候極熟極熟、連吹口哨都會吹它的那些曲子，竟然在日本遙遠的異鄉，冷不防的進到耳裏。

像可以說是山田洋次所有電影的主題的那麼一首西部片主題曲：The Call of the Faraway Hills（電影《原野奇俠》*Shane* 主題曲），有可能你在冰見這個冷清極矣、但又是漫畫家藤子不二雄故鄉的小鎮的商店街走著，就聽見了。

有一部電影《黑獄亡魂》（*The Third Man*），是卡洛·李（Carol Reed）一九四九年在維也納拍的電影，此片的配樂，太特別了，用的是Zither琴。這音樂，在西方國家也不易聽到，居然能在日本重溫，眞是最好的不經意時機。

彈奏Zither這種樂器，看來當是奧地利的「民俗音樂」，卻很有跨越國族的特異魅力。以Zither做出的樂曲，很可能來自街頭藝人爲多。否則奧地利的古典音樂家，彈鋼琴的、拉小提琴的、吹黑管的、彈低音貝斯的，太多太多，不只是舒伯特、史特勞斯而已，大可在管弦樂團、交響樂團一展身手。

《黑獄亡魂》的作曲者與彈奏者，是安東·卡拉斯（Anton Karas），事實上卡洛·李的確在啤酒館這種「民間場所」發現他，立刻覺得這音樂太適合這部片子了。

這首主題曲，原是爲了搭配戰後斷垣殘壁的維也納所呈現的又有歐洲中心古城之悠美，但卻又破敗充滿黑市的荒蕪感，所以這音樂最適合，而絕不是史特勞斯的圓舞曲。但居然在乾淨之極的日本聽到，竟也很能入景入情，眞有趣啊。

有一次，不知在哪裏看到，說惠比壽火車站內音樂放的就是這首The Third Man。

五十年代初，流行了一首曲子，叫You Belong to Me，在台灣，它沒有流蕩太廣。至少我在六、七十年代不怎麼聽見人播放。後來奧利佛·史東（Oliver Stone）拍的《閃靈殺手》（*Natural Born Killer*）中放進了巴布·狄倫（Bob Dylan）唱的版本，唱得極好，也勾起了我們耳朵依稀的記憶。但還是太淡薄了！絕對比不上日本的五、六十年代唱西洋爵士的新倉美子。她像是永恆的把這首英文老歌就這麼扎實的在東方給保存下來了！

日本是如此特別、如此孤高的一個國家，它對那些它會死心塌地的西洋迷戀，竟然靜悄悄的、躲在某個地球的角落，將它封存式的保留下來。往往這些東西全世界都早拋忘了，但日本，還有。

六十年代初西洋流行的電吉他彈奏的「衝浪搖滾」（Surf Rock），尤其是投機者樂團（The Ventures），最受東方一個地方深深的迷愛，便是日本！投機者樂團在八十年代後，美國、歐洲、或台灣，都已不大聽了，慢慢的淡逝了；

但仍有一個地方，沒忘掉他，日本。

假如你是一個吉他家，今天站在東京某個地鐵站口，放好音箱，開始彈起吉他，一、兩曲投機者樂團的名曲後，相信駐足的日本人必定極多。甚至有的老人都站著不動，搞不好眼裏泛著淚光呢！

這是我在日本旅遊很強大的驚喜之一。並且，也是日本這個安靜、低調、不求突顯自己的國家，卻竟能不經意的給人猛烈震撼的地方。

還有一首歌，The Windmills of Your Mind（你心海的風車），這首一九六八年電影《天羅地網》（*The Thomas Crown Affair*）的主題曲，你幾乎不會在世界任何地方聽到，也早忘了史提夫·麥昆（Steve McQueen）和費·唐娜薇（Faye Dunaway）演出時的風采，但這首由法國作曲大師米榭·李葛蘭

(Michel Legrand)寫出的主題曲，它的音符一波接一波的推進，早已跳出了電影的框框，成爲人們耳朵永遠的記憶。並且奇怪的，這記憶只在日本特別的留存。

固然日本對這類西洋之美，有它的一往情深；而The Windmills of Your Mind更因有一股歐陸淒美，再加上李葛蘭在整個六十年代名曲頻出，恰好碰上日本最激烈擁抱那戰後才十多年的黃金六十年代（東京一九六四年的奧運只是顯例），這種音樂的寒冽中帶著熱情，正是島色蒼翠、林密水深的日本最想好好抱於懷中的自家曲調。

於是我在那些有頂棚的商店街，突然聽到這曲子的幽然傳來，哇，心中的諸多零星感觸剎那間此起彼落，把時代的片斷都閃爍的串了起來。

二十五、日本全國是一木國

木頭，是日本人最好的靠山。他們無時無刻不倚偎在木頭旁。

木造之床，或說榻，或舞台，這種最原型的木台式之建物，最得我心。許多神社皆有這種台座，有的簡些，有的隆重些。皆好看，也皆好用。

匠人在家斜坐削竹切木的床榻，或是花匠在家裁枝剪花的床榻等，皆是這種木建物，太豐富了，也太素常了，卻眞是好。

全世界再沒有像日本人那樣的愛用木頭、習慣用木頭、廣用木頭、動不動就想到用木頭的民族了。這些木頭無所不在的籠罩下的房舍、樓閣、橋梁、村莊、鄉鎮，人被包容在其中，倚著窗台、靠著欄杆，在厚實的木製吧台上吃著壽司⋯⋯⋯⋯沒有木頭，想像日本生活會是何種樣子？

木頭，眞是無所不在。筷子，在餐館裏幾全是「一次性」的。皆是你用手一扯，便成了兩隻木片，這就是筷子。你在撕開它時，像是把剛剛才裁切下來、帶著木片香的森林的一小部分、取來使用似的。木製的盒子，不管是裝什麼，各處皆見，都像是新製的，才剛剛裁割好製造出來的，不上漆，你會是第一個用的那個人那種感覺。

因爲太需要木頭，於是全國弄成是一個森林之國。

除了較平的地用來種植稻米，多數的山坡皆是廣植森林。尤其是建材的杉、檜等爲主。乃爲了長得密、長得高，這一來使單位面積獲得的收益最高、森林密度最高，二來也最大效能的達成水土保持。

正因爲森林覆蓋之密、之廣大，遂使日本的水最是豐沛。君不見，一年四季我們遊客在各地看到的川，總是水流湍急，激起的浪花，就像一百多年前歌川廣重等畫家所作的浮世繪所勾勒的一樣。

木頭，它有一種天生麗質，而日本人是它的知音。他們懂得不去替它上漆。而鄰近的中國、韓國則頗多上漆，竟不如日本人對木頭之相惜與相知也。

又木頭之先天佳良，或也以簡而直之裁切就最好看，不需雕琢也。這一點，也是日本人最善知。且看中國的門窗之太過雕飾，尤其是明清的北京與江南，何曾好看了？

我們愛去日本旅遊，有很大一部分是，迷戀於他們的人與周遭那種「自然觀」之經營。不止是枯山水之營造，不止是花、樹、青苔等皆要細細養護，不止是千利休對茶室小而清寂的要求，更是無數個散佈在全國各地的居酒屋、壽司鋪、拉麵店、關東煮鋪，甚至像深夜食堂的那種廚師在吧台內、客人在吧台外的、小而莊嚴卻又親切的你施我受空間。

這是日本木造空間出神入化的又一例子。此等像深夜食堂式吧台空間之設計，是日本人最了不起的道場，是日本庶民式的「杏壇」。生徒坐壇下使筷舉盞，師傅高高在壇上又割又烹，以潛心以專志，用切工用佳餚，教化生徒。而人們爲了這成千上萬個杏壇，先在外要推開木格子門，低頭鑽布簾而入，何其有禮數也。再一進到這空間，在別人已落座後所剩的侷促位子謙卑的嵌擠進去，頓時感到氣場太教人春陽融和了，太溫馨舒泰了，這才是小酌吃飯的地方啊！

人圍成一圈吧台，坐著吃飯；這種吧台設計，是西洋人的發明，但日本人將之發展成極致。乃西洋沒有日本這種小而精巧溫潤的打理。

尤其是木造吧台，它又柔軟卻又沉凝，流露出「杏壇」之潛意識功能。這是日本式的「造境」，乃日本極重儀式也。

這種食堂吧台，不管是賣昂貴壽司、是賣關東煮、是賣烤雞串、是賣居酒屋菜、還是賣拉麵，全都設計剛剛好的大小，教要坐下受教、受益、受點撥、受薰陶、受到一飽的生徒們之數量，剛好是吧台內的師傅能夠照拂教化的數量。

通常，也就是相當小的「修行型」、「自我制約型」的尺寸。這便是日本最令人折服的「人與自然」相守分際後的宇宙觀。而吾人觀光客只是吃一頓飯卽能享受到他的妙處，怎能不欣喜呢？

中國江南有一句老諺語，謂「螺螄殼裏做道場」，日本人是最懂這意境的民族。

舒國治東京散步電子地圖

https://reurl.cc/Wxb4Vk

※資訊以2024年4月爲參考基準

INDEX

人物名

文化、歷史 作品、品牌

店家、市場 百貨、旅店

路名、地名、地景

紀念館、博物館美術館

公園、庭園、靈園

景點、建築

門外漢的東京

看世界的方法 260

文字攝影　舒國治

封面設計　吳佳璘
責任編輯　林煜幃

發行人兼社長　許悔之
總編輯　林煜幃
設計總監　吳佳璘
企劃主編　蔡旻潔
行政主任　陳芃妤
編輯　羅凱瀚

藝術總監　黃寶萍
策略顧問　黃惠美 · 郭旭原 · 郭思敏 · 郭孟君 · 劉冠吟
顧問　施昇輝 · 宇文正 · 林志隆 · 張佳雯
法律顧問　國際通商法律事務所／邵瓊慧律師

出版　有鹿文化事業有限公司
地址　台北市大安區信義路三段 106 號 10 樓之 4
電話　02-2700-8388
傳真　02-2700-8178
網址　http://www.uniqueroute.com
電子信箱　service@uniqueroute.com

製版印刷　沐春行銷創意有限公司

總經銷　紅螞蟻圖書有限公司
地址　台北市內湖區舊宗路二段 121 巷 19 號
電話　02-2795-3656
傳真　02-2795-4100
網址　http://www.e-redant.com

ISBN：978-626-7262-79-5
初版：2024 年 6 月
初版第三次印行：2025 年 1 月 25 日
定價：380 元

國家圖書館出版品預行編目 (CIP) 資料
門外漢的東京 / 舒國治著 . -- 初版 . --
臺北市 : 有鹿文化事業有限公司 , 2024.06
224 面 ; 14.8 x 21 公分 . -- (看世界的方法 ; 260)
ISBN 978-926-7262-79-5(平裝)
863.55　　113006951